Charles PERRAULT

Contes des fées

1886

Table des Matières

CENDRILLON

OU

LA PETITE PANTOUFLE DE VERRE.

Il était une fois un gentilhomme qui épousa en secondes noces une femme, la plus hautaine et la plus fière qu'on eût jamais vue. Elle avait deux filles de son humeur et qui lui ressemblaient en toutes choses. Le mari avait de son côté une jeune fille, mais d'une bonté sans exemple ; elle tenait cela de sa mère, qui était la meilleure personne du monde. Les noces ne furent pas plus tôt faites, que la belle-mère fit éclater sa mauvaise humeur : elle ne put souffrir les bonnes qualités de cette jeune enfant, qui rendaient ses filles encore plus haïssables. Elle la chargea des plus viles occupations de la maison : c'était elle qui nettoyait la vaisselle et les montées, qui frottait la chambre de madame et celle de mesdemoiselles ses filles ; elle couchait tout en haut de la maison, dans un grenier, sur une méchante paillasse, pendant que ses sœurs étaient dans des chambres parquetées, où elles avaient des lits des plus à la mode, et des miroirs où elles se voyaient depuis les pieds jusqu'à la tête. La pauvre fille souffrait tout avec patience, et n'osait se plaindre à son père, qui l'aurait grondée, parce que sa femme le gouvernait entièrement. Lorsqu'elle avait fait son ouvrage, elle s'allait mettre au coin de la cheminée, et s'asseoir dans les cendres, ce qui faisait qu'on l'appelait communément *Cucendron*. La cadette, qui n'était pas si malhonnête que son aînée, l'appelait *Cendrillon*. Cependant Cendrillon, avec ses méchants habits, ne laissait pas d'être cent fois plus belle que ses sœurs, quoique vêtues très-magnifiquement.

Il arriva que le fils du roi donna un bal, et qu'il en pria toutes les personnes de qualité. Nos deux demoiselles en furent aussi priées, car elles faisaient grande figure dans le pays. Les voilà bien aises, et bien occupées à choisir les habits et les coiffures qui leur siéraient le mieux. Nouvelle peine pour Cendrillon ; car c'était elle qui repassait le linge de ses sœurs et qui godronnait leurs manchettes. On ne parlait que de la manière dont on s'habillerait. Moi, dit l'aînée, je mettrai mon habit de velours rouge et ma garniture d'Angleterre. Moi, dit la cadette, je n'aurai que ma jupe ordinaire ; mais, en récompense, je mettrai mon manteau à fleurs d'or et ma rivière de diamants, qui n'est pas des plus indifférentes. On envoya quérir la bonne coiffeuse pour dresser les cornettes à deux rangs et on fit acheter des mouches de la bonne faiseuse. Elles appelèrent Cendrillon pour lui demander son avis, car elle avait le goût bon. Cendrillon les conseilla le mieux du monde, et s'offrit même à les coiffer, ce qu'elles voulurent bien. En les coiffant, elles lui disaient : Cendrillon, serais-tu bien aise d'aller au bal ? — Hélas ! mesdemoiselles, vous vous moquez de moi ; ce n'est pas là ce qu'il me faut. — Tu as raison ; on rirait bien, si on voyait un Cucendron aller au bal. Une autre que Cendrillon les aurait coiffées de travers ; mais elle était bonne, et elle les coiffa parfaitement bien. Elles furent près de deux jours sans manger, tant elles étaient transportées de joie. On rompit plus de douze lacets, à force de les serrer pour leur rendre la taille plus menue, et elles étaient toujours devant leur miroir. Enfin, l'heureux jour arriva : on partit et Cendrillon les suivit des yeux le plus longtemps qu'elle put. Lorsqu'elle ne les vit plus, elle se mit à pleurer. Sa marraine, qui la vit tout en pleurs, lui demanda ce qu'elle avait. Je voudrais bien... Elle pleurait si fort, qu'elle ne put achever. Sa marraine, qui était fée, lui dit : Tu voudrais bien aller au bal, n'est-ce pas ? Hélas ! oui, dit Cendrillon en soupirant. Hé bien, seras-tu bonne fille ? dit sa marraine ; je t'y ferai aller. Elle la mena dans sa chambre, et lui dit : Va dans le jardin et apporte-moi une citrouille. Cendrillon alla aussitôt cueillir la plus belle qu'elle put trouver, et la porta à sa marraine, ne pouvant deviner comment cette citrouille la pourrait faire aller au bal. Sa marraine la creusa, et n'ayant laissé que l'écorce, la frappa de sa baguette, et la citrouille fut aussitôt changée en un beau carrosse tout doré ; ensuite elle alla regarder dans la souricière, où elle trouva six souris toutes en vie. Elle dit à Cendrillon de lever un peu la trappe de la souricière, et à chaque souris qui sortait, elle donnait un coup de sa baguette, et la souris était aussitôt changée en un beau cheval, ce qui fit un bel attelage de six chevaux d'un beau gris de souris pommelé. Comme elle était en peine de quoi elle ferait un cocher : Je vais voir, dit Cendrillon, s'il n'y a point quelque rat dans la ratière, nous en ferons un cocher. — Tu as raison, dit sa marraine, va voir. Cendrillon lui apporta la ratière, où il y avait trois gros rats.

La fée en prit un d'entre les trois, à cause de sa maîtresse barbe ; et l'ayant touché, il fut changé en un gros cocher, qui avait une des plus belles moustaches qu'on eût jamais vues. Ensuite elle lui dit : Va dans le jardin, tu y trouveras six lézards contre l'arrosoir ; apporte-les-moi. Elle ne les eut pas plus tôt apportés, que sa marraine les changea en six laquais, qui montèrent aussitôt derrière le carrosse avec leurs habits chamarrés et qui s'y tenaient attachés comme s'ils n'eussent fait autre chose de toute leur vie. La fée dit alors à Cendrillon : Eh bien ! voilà de quoi aller au bal, n'es-tu pas bien aise ? — Oui, mais est-ce que j'irai comme cela avec mes vilains habits ? Sa marraine ne fit que la toucher avec sa baguette, et en même temps ses habits furent changés en des habits de drap d'or et d'argent, tout chamarrés de pierreries : elle lui donna ensuite une paire de pantoufles de verre, les plus jolies du monde. Quand elle fut ainsi parée, elle monta au carrosse, mais sa marraine lui recommanda sur toutes choses de ne pas passer minuit, l'avertissant que, si elle demeurait au bal un moment de plus, son carrosse redeviendrait citrouille, ses chevaux des souris, ses laquais des lézards, et que ses vieux habits reprendraient leur première forme. Elle promit à sa marraine qu'elle ne manquerait pas de sortir du bal avant minuit. Elle part, ne se sentant pas de joie. Le fils du roi, qu'on alla avertir qu'il venait d'arriver une grande princesse qu'on ne connaissait point, courut la recevoir ; il lui donna la main à la descente du carrosse, et la mena dans la salle où était la compagnie. Il se fit alors un grand silence ; on cessa de danser, et les violons ne jouèrent plus, tant on était attentif à contempler les grandes beautés de cette inconnue. On n'entendait qu'un bruit confus : Ah ! qu'elle est belle ! Le roi même, tout vieux qu'il était, ne laissait pas de la regarder et de dire tout bas à la reine qu'il y avait longtemps qu'il n'avait vu une si belle et si aimable personne. Toutes les dames étaient attentives à considérer sa coiffure et ses habits, pour en avoir, dès le lendemain, de semblables, pourvu qu'il se trouvât des étoffes assez belles et des ouvriers assez habiles. Le fils du roi la mit à la place la plus honorable, et ensuite la prit pour la mener danser. Elle dansa avec tant de grâce qu'on l'admira encore davantage. On apporta une fort belle collation, dont le jeune prince ne mangea point, tant il était occupé à la considérer. Elle alla s'asseoir auprès de ses sœurs, et leur fit mille honnêtetés : elle leur fit part des oranges et des citrons que le prince lui avait donnés, ce qui les étonna fort, car elles ne la reconnaissaient point. Lorsqu'elles l'admiraient ainsi, Cendrillon entendit sonner onze heures trois quarts : elle fit aussitôt une grande révérence à la compagnie, et s'en alla le plus vite qu'elle put. Dès qu'elle fut arrivée, elle alla trouver sa marraine ; et après l'avoir remerciée, elle lui dit qu'elle souhaitait bien aller encore le lendemain au bal, parce que le fils du roi l'en avait priée. Comme elle était occupée à raconter à sa marraine tout ce qui s'était passé au bal, les deux sœurs heurtèrent à la porte : Cendrillon leur alla ouvrir. Que vous êtes longtemps à revenir ! leur dit-elle en bâillant, en se frottant les yeux, et en s'étendant comme si elle n'eût fait que de se réveiller. Elle n'avait cependant pas eu envie de dormir depuis qu'elles s'étaient quittées. Si tu étais venu au bal, lui dit une de ses sœurs, tu ne t'y serais pas ennuyée : il est venu la plus belle princesse, la plus belle qu'on puisse jamais voir ; elle nous a fait mille civilités, elle nous a donné des oranges et des citrons. Cendrillon ne se sentait pas de joie. Elle leur demanda le nom de cette princesse ; mais elles lui répondirent qu'on ne la connaissait pas ; que le fils du roi en était fort en peine, et qu'il donnerait toute chose au monde pour savoir qui elle était. Cendrillon sourit et leur dit : Elle était donc bien belle ! Mon Dieu, que vous êtes heureuses ! Ne pourrais-je point la voir ? Hélas ! mademoiselle Javotte, prêtez-moi votre habit jaune, que vous mettez tous les jours. Vraiment ! dit mademoiselle Javotte, je suis de cet avis. Prêter mon habit à un vilain Cucendron comme cela ! il faudrait que je fusse bien folle. Cendrillon s'attendait bien à ce refus, et elle en fut bien aise ; car elle aurait été grandement embarrassée, si sa sœur eût bien voulu lui prêter son habit.

Le lendemain, les deux sœurs furent au bal, et Cendrillon aussi, mais encore plus parée que la première fois. Le fils du roi fut toujours auprès d'elle, et ne cessa de lui conter des douceurs. La jeune demoiselle ne s'ennuyait point, et oublia ce que sa marraine lui avait recommandé ; de sorte qu'elle entendit sonner le premier coup de minuit, lorsqu'elle ne croyait pas qu'il fût encore onze heures ; elle se leva et s'enfuit aussi légèrement qu'aurait fait une biche. Le prince la suivit, mais il ne put l'attraper. Elle laissa tomber une de ses pantoufles de verre, que le prince ramassa bien soigneusement. Cendrillon arriva chez elle bien essoufflée, sans carrosse, sans laquais, et avec ses méchants habits, rien ne lui étant resté de toute sa magnificence qu'une de ses petites pantoufles, la pareille de celle qu'elle avait laissé tomber. On demanda aux gardes de la porte du palais s'ils n'avaient point vu sortir une princesse : ils dirent qu'ils n'avaient vu sortir personne qu'une jeune fille fort mal vêtue, qui avait plus l'air d'une paysanne que d'une demoiselle. Quand ses deux sœurs revinrent du bal, Cendrillon leur demanda si elles s'étaient encore bien diverties, et si la belle dame y avait été : elles lui dirent que oui, mais qu'elle s'était enfuie lorsque minuit avait sonné, et si promptement, qu'elle avait laissé tomber une de ses petites pantoufles de verre, la plus jolie du monde ; que le fils du roi l'avait ramassée, et qu'il n'avait fait que la regarder tout le reste du bal, et qu'assurément il était fort amoureux de la belle personne à qui appartenait la petite pantoufle. Elles dirent vrai ; car, peu de jours après, le fils du roi fit publier à son de trompe qu'il épouserait celle dont le pied serait bien juste à la pantoufle. On commença à l'essayer aux princesses, ensuite aux duchesses et à toute la cour ; mais inutilement. On la porta chez les deux sœurs, qui firent tout leur possible pour faire entrer leur pied dans la pantoufle ; mais elles ne purent en venir à bout. Cendrillon, qui les regardait, et qui reconnut sa pantoufle, dit en riant : Que je voie si elle ne me serait pas bonne ! Ses sœurs se mirent à rire et à se moquer d'elle.

Le gentilhomme qui faisait l'essai de la pantoufle ayant regardé attentivement Cendrillon, et la trouvant fort belle, dit que cela était très-juste, et qu'il avait ordre de l'essayer à toutes les filles. Il fit asseoir Cendrillon, et, approchant la pantoufle de son petit pied, il vit qu'elle y entrait sans peine, et qu'elle y était juste comme si elle eût été de cire. L'étonnement des deux sœurs fut grand, mais plus grand encore quand Cendrillon tira de sa poche l'autre petite pantoufle, qu'elle mit à son pied. Là-dessus arriva la marraine, qui, ayant donné un coup de sa baguette sur les habits de Cendrillon, les fit devenir encore plus magnifiques que tous les autres.

Alors ses deux sœurs la reconnurent pour la belle personne qu'elles avaient vue au bal. Elles se jetèrent à ses pieds, pour lui demander pardon de tous les mauvais traitements qu'elles lui avaient fait souffrir. Cendrillon les releva et leur dit, en les embrassant, qu'elle leur pardonnait de bon cœur, qu'elle les priait de l'aimer bien toujours. On la mena chez le jeune prince parée comme elle était. Il la trouva encore plus belle que jamais, et peu de jours après, il l'épousa. Cendrillon, qui était aussi bonne que belle, fit loger ses deux sœurs au palais, et les maria

dès le même jour à deux grands seigneurs de la cour.

MORALITÉ.

La beauté, pour le sexe, est un rare trésor ;
De l'admirer jamais on ne se lasse ;
Mais ce qu'on nomme bonne grâce,
Est sans prix, et vaut mieux encor.

C'est ce qu'à Cendrillon fit avoir sa marraine,
En la dressant, en l'instruisant
Tant et si bien qu'elle en fit une reine ;
Car ainsi sur ce conte on va moralisant.
Belles, ce don vaut mieux que d'être bien coiffées ;
Pour engager un cœur, pour en venir à bout,
La bonne grâce est le vrai don des Fées,
Sans elle on ne peut rien, avec elle on peut tout.

MAÎTRE CHAT

OU

LE CHAT BOTTÉ

Un meunier ne laissa pour tous biens à trois enfants qu'il avait que son moulin, son âne et son chat. Le partage fut bientôt fait, ni le notaire ni le procureur n'y furent appelés ; ils auraient eu bientôt mangé tout le pauvre patrimoine. L'aîné eut le moulin, le second eut l'âne, et le troisième n'eut que le chat. Ce dernier ne pouvait se consoler d'avoir un si pauvre lot. Mes frères, disait-il, pourront gagner leur vie honnêtement en se mettant ensemble ; pour moi, lorsque j'aurai mangé mon chat, et que je me serai fait un manchon de sa peau, il faudra que je meure de faim.

Le chat, qui entendait ce discours, mais qui n'en fit pas semblant, lui dit d'un air posé et sérieux : Ne vous affligez point, mon maître ; vous n'avez qu'à me donner un sac et me faire faire une paire de bottes pour aller dans les broussailles, et vous verrez que vous n'êtes pas si mal partagé que vous le croyez.

Quoique le maître du chat ne fît pas grand fond là-dessus, il lui avait vu faire tant de tours de souplesse pour prendre des rats et des souris, comme quand il se pendait par les pieds ou qu'il se cachait dans la farine pour faire le mort, qu'il ne désespéra pas d'en être secouru dans sa misère. Lorsque le chat eut ce qu'il avait demandé, il se botta bravement ; et, mettant son sac à son cou, il en prit les cordons avec ses deux pattes de devant, et s'en alla dans une garenne où il y avait grand nombre de lapins. Il mit du son et des lacerons dans son sac, et, s'étendant comme s'il eût été mort, il attendit que quelque jeune lapin, peu instruit encore des ruses de ce monde, vînt se fourrer dans son sac pour manger ce qu'il y avait mis. À peine fut-il couché, qu'il eut contentement : un jeune étourdi de lapin entra dans son sac, et le maître chat, tirant aussitôt les cordons, le prit et le tua sans miséricorde. Tout glorieux de sa proie, il s'en alla chez le roi et demanda à lui parler. On le fit monter à l'appartement de Sa Majesté, où étant entré, il fit une grande révérence au roi, et lui dit : Voilà, sire, un lapin de garenne que M. le marquis de Carabas (c'était le nom qu'il prit en gré de donner à son maître) m'a chargé de vous présenter de sa part. Dis à ton maître, répondit le roi, que je le remercie et qu'il me fait plaisir. Une autre fois il alla se cacher dans un blé, tenant toujours son sac ouvert ; et lorsque deux perdrix y furent entrées, il tira les cordons et les prit toutes deux. Il alla ensuite les présenter au roi, comme il avait fait du lapin de garenne. Le roi reçut encore avec plaisir les deux perdrix, et lui fit donner à boire. Le chat continua ainsi, pendant deux ou trois mois, de porter de temps en temps au roi du gibier de la chasse de son maître.

Un jour qu'il sut que le roi devait aller à la promenade sur le bord de la rivière, avec sa fille, la plus belle princesse du monde, il dit à son maître : Si vous voulez suivre mon conseil, votre fortune est faite : vous n'avez qu'à vous baigner dans la rivière à l'endroit que je vous montrerai, et ensuite me laisser faire. Le marquis de Carabas fit ce que son chat lui conseillait, sans savoir à quoi cela serait bon. Dans le temps qu'il se baignait, le roi vint à passer, et le chat se mit à crier de toute sa force : À ce cri, le roi mit la tête à la portière, et, reconnaissant le chat qui lui avait apporté tant de fois du gibier, il ordonna à ses gardes qu'on allât vite au secours de M. le marquis de Carabas. Pendant qu'on retirait le pauvre marquis de la rivière, le chat, s'approchant du carrosse, dit au roi que, dans le temps que son maître se baignait, il était venu des voleurs qui avaient emporté ses habits, quoiqu'il eût crié au voleur de toutes ses forces ; le drôle les avait cachés sous une grosse pierre. Le roi ordonna aussitôt aux officiers de sa garde-robe d'aller quérir un de ses plus beaux habits pour M. le marquis de Carabas. Le roi lui fit mille caresses, et comme les beaux habits qu'on venait de lui donner, relevaient sa bonne mine (car il était beau et bien fait de sa personne), la fille du roi le trouva fort à son gré, et le marquis de Carabas ne lui eut pas plus tôt jeté deux ou trois regards fort respectueux et un peu tendres, qu'elle en devint amoureuse à la folie. Le roi voulut qu'il montât dans son carrosse et qu'il fût de la promenade. Le chat, ravi de voir que son dessein commençait à réussir, prit les devants, et ayant rencontré des paysans qui fauchaient un pré, il leur dit : *Bonnes gens qui fauchez, si vous ne dites au roi que le pré que vous fauchez appartient à M. le marquis de Carabas, vous serez tous hachés menu comme chair à pâté.* Le roi ne manqua pas à demander aux faucheurs à qui était ce pré qu'ils fauchaient. C'est à M. le marquis de Carabas, dirent-ils tous ensemble ; car la menace du chat leur avait fait peur. Vous avez là un bel héritage, dit le roi au marquis de Carabas. Vous voyez, sire, répondit le marquis, c'est un pré qui ne manque point de rapporter abondamment toutes les années. Le maître chat, qui allait toujours devant, rencontra des moissonneurs, et leur dit : *Bonnes gens qui moissonnez, si vous ne dites que ces blés appartiennent à M. le marquis de Carabas vous serez tous hachés menu comme chair à pâté.* Le roi, qui passa un moment après, voulut savoir à qui appartenaient les blés qu'il voyait. C'est à M. le marquis de Carabas, répondirent les moissonneurs. Et le roi s'en réjouit encore avec le marquis. Le chat, qui allait toujours devant le carrosse, disait toujours la même chose à tous ceux qu'il rencontrait ; et le roi était étonné des grands biens de M. le marquis de Carabas. Le maître chat arriva enfin dans un beau château, dont le maître était un ogre, le plus riche qu'on eût jamais vu, car toutes les terres par où le roi avait passé étaient de la dépendance de ce château. Le chat eut soin de s'informer qui était cet ogre, et ce qu'il savait faire, et demanda à lui parler, disant qu'il n'avait pas voulu passer si près de son château sans avoir l'honneur de lui faire la révérence. L'ogre le reçut aussi civilement que le peut un ogre, et te fit reposer. On m'a assuré, dit le chat, que vous aviez le don de vous changer en toutes sortes d'animaux, que vous pouviez, par exemple, vous transformer en lion, en éléphant.

Cela est vrai, répondit l'ogre brusquement, et pour vous le montrer, vous m'allez voir devenir un lion. Le chat fut si effrayé de voir un lion devant lui, qu'il gagna aussitôt les gouttières, non sans peine et sans péril, à cause de ses bottes qui ne valaient rien pour marcher sur les tuiles.

Quelque temps après, le chat ayant vu que l'ogre avait repris sa première forme, descendit et avoua qu'il avait eu bien peur. On m'a assuré encore, dit le chat, mais je ne saurais le croire, que vous aviez le pouvoir de prendre la forme des plus petits animaux, par exemple, de vous changer en un rat, ou une souris ; je vous avoue que je tiens cela tout à fait impossible. Impossible ! reprit l'ogre ; vous allez le voir. Et en même temps il se changea en une souris, qui se mit à courir sur le plancher. Le chat ne l'eut pas plus tôt aperçue qu'il se jeta dessus et la mangea. Cependant le roi, qui vit en passant le beau château de l'ogre, voulut entrer dedans. Le chat, qui entendit le bruit du carrosse qui passait sur le pont-levis, courut au-devant et dit au roi : Votre Majesté soit la bienvenue dans ce château de M. le marquis de Carabas. Comment, monsieur le marquis, s'écria le roi, ce château est encore à vous ? Il ne se peut rien voir de plus beau que cette cour et que tous ces bâtiments qui l'environnent : voyons le dedans, s'il vous plaît. Le marquis donna la main à la jeune princesse et, suivant le roi qui montait le premier, ils entrèrent dans une grande salle où ils trouvèrent une magnifique collation que l'ogre avait fait préparer pour ses amis, qui le devaient venir voir ce jour-là ; mais qui n'avaient pas osé entrer, sachant que le roi y était. Le roi, charmé des bonnes qualités de M. le marquis de Carabas, de même que sa fille qui en était folle, et voyant les grands biens qu'il possédait, lui dit, après avoir bu cinq ou six coups : Il ne tiendra qu'à vous, monsieur le marquis, que vous ne soyez mon gendre. Le marquis, faisant de grandes révérences, accepta l'honneur que lui faisait le roi, et dès le jour même il épousa la princesse. Le chat devint grand seigneur, il ne courut plus après les souris que pour se divertir.

MORALITÉ.

Quelque grand que soit l'avantage
De jouir d'un riche héritage
Venant à nous de père en fils,
Aux jeunes gens pour l'ordinaire,
L'industrie et le savoir-faire
Valent mieux que des biens acquis.

LE PETIT CHAPERON ROUGE

Il était une fois une petite fille de village, la plus jolie qu'on eût su voir, sa mère en était folle, et sa mère-grand plus folle encore. Cette bonne femme lui fit faire un petit chaperon rouge qui lui seyait si bien, que partout on l'appelait le Petit Chaperon Rouge.

Un jour, sa mère ayant fait des galettes, lui dit : Va voir comment se porte ta mère-grand ; car on m'a dit qu'elle était malade : porte-lui une galette et ce petit pot de beurre. Le Petit Chaperon Rouge partit aussitôt pour aller chez sa mère-grand, qui demeurait dans un autre village. En passant dans un bois, elle rencontra compère le loup, qui eut bien envie de la manger, mais il n'osa, à cause de quelques bûcherons qui étaient dans la forêt. Il lui demanda où elle allait. La pauvre enfant, qui ne savait pas qu'il était dangereux de s'arrêter à écouter un loup, lui dit : Je vais voir ma mère-grand, et lui porter une galette avec un pot de beurre que ma mère lui envoie. — Demeure-t-elle bien loin ? lui dit le loup. — Oh ! oui, lui dit le Petit Chaperon Rouge ; c'est par-delà le moulin que vous voyez tout là-bas, là-bas, à la première maison du village. — Eh bien, dit le loup, je veux l'aller voir aussi ; je m'y en vais par ce chemin-ci, et toi par ce chemin-là, et nous verrons à qui y sera plus tôt. Le loup se mit à courir de toute sa force par le chemin qui était le plus court, et la petite fille s'en alla par le chemin le plus long, s'amusant à cueillir des noisettes, à courir après des papillons et à faire des bouquets des petites fleurs qu'elle rencontrait. Le loup ne fut pas longtemps à arriver à la maison de la mère-grand ; il heurta : toc, toc. — Qui est-là ? — C'est votre fille, le Petit Chaperon Rouge, dit le loup et contrefaisant sa voix, qui vous apporte une galette et un petit pot de beurre que ma mère vous envoie. La bonne mère-grand, qui était dans son lit, à cause qu'elle se trouvait un peu mal, lui cria : Tire la chevillette, la bobinette cherra. Le loup tira la chevillette, et la porte s'ouvrit. Il se jeta sur la bonne femme, et la dévora en moins de rien ; car il y avait plus de trois jours qu'il n'avait mangé. Ensuite il ferma la porte, et s'alla coucher dans le lit de la mère-grand, en attendant le Petit Chaperon Rouge qui, quelque temps après, vint heurter à la porte. Toc, toc. — Qui est là ? Le Petit Chaperon Rouge, qui entendit la grosse voix du loup, eut peur d'abord ; mais, croyant que sa mère-grand était enrhumée, il répondit : C'est votre fille, le Petit Chaperon Rouge, qui vous apporte une galette et un petit pot de beurre que ma mère vous envoie. Le loup lui cria, en adoucissant un peu sa voix : Tire la chevillette, la bobinette cherra. Le Petit Chaperon Rouge tira la chevillette, et la porte s'ouvrit. Le loup, la voyant entrer, lui dit, en se cachant dans le lit, sous la couverture : Mets la galette et le petit pot de beurre sur la huche, et viens te coucher avec moi. Le Petit Chaperon se déshabille, et va se mettre dans le lit, où elle fut bien étonnée de voir comment sa mère-grand était faite en son déshabillé. Elle lui dit : — Ma mère-grand, que vous avez de grands bras ! — C'est pour mieux t'embrasser, mon enfant. — Ma mère-grand, que vous avez de grandes jambes ! — C'est pour mieux courir, mon enfant. — Ma mère-grand, que vous avez de grandes oreilles ! — C'est pour mieux écouter, mon enfant. — Ma mère-grand, que vous avez de grands yeux ! — C'est pour mieux voir, mon enfant. — Ma mère-grand, que vous avez de grandes dents ! — C'est pour mieux te manger. Et en disant ces mots, le méchant loup se jeta sur le Petit Chaperon Rouge et le mangea.

MORALITÉ.

On voit ici que les jeunes enfants,
Surtout de jeunes filles,
Belles, bien faites et gentilles,

Font très-mal d'écouter toutes sortes de gens,
Et que ce n'est pas chose étrange
S'il en est tant que le loup mange.
Je dis le loup, car tous les loups
Ne sont pas de la même sorte.
Il en est d'une humeur accorte,
Sans bruit, sans fiel et sans courroux,
Qui, privés, complaisants et doux,
Suivent les jeunes demoiselles
Jusque dans les maisons, jusque dans les ruelles,
Mais, hélas ! qui ne sait que ces loups doucereux
De tous les loups sont les plus dangereux !

LE PETIT POUCET

Il était une fois un bûcheron et une bûcheronne qui avaient sept enfants, tous garçons. L'aîné n'avait que dix ans, et le plus jeune n'en avait que sept. On s'étonnera que le bûcheron ait eu tant d'enfants en si peu de temps ; mais c'est que sa femme allait vite en besogne, et n'en avait pas moins de deux à la fois. Ils étaient fort pauvres, et leurs sept enfants les incommodaient beaucoup, parce qu'aucun d'eux ne pouvait encore gagner sa vie. Ce qui les chagrinait encore, c'est que le plus jeune était fort délicat et ne disait mot, prenant pour bêtise ce qui était une marque de la bonté de son esprit. Il était fort petit, et quand il vint au monde il n'était pas plus gros que le pouce, ce qui fit qu'on l'appela le Petit Poucet. Ce pauvre enfant était le souffre-douleur de la maison, et on lui donnait toujours le tort. Cependant il était le plus fin et le plus avisé de ses frères, et s'il parlait peu, il écoutait beaucoup. Il vint une année très-fâcheuse, et la famine fut si grande, que ces pauvres gens résolurent de se défaire de leurs enfants. Un soir que ces enfants étaient couchés, et que le bûcheron était au coin du feu avec sa femme, il lui dit le cœur serré de douleur : Tu vois bien que nous ne pouvons plus nourrir nos enfants ; je ne saurais les voir mourir de faim devant mes yeux, et je suis résolu de les mener perdre demain au bois, ce qui sera bien aisé, car, tandis qu'ils s'amuseront à fagoter, nous n'avons qu'à nous enfuir sans qu'ils nous voient. — Ah ! s'écria la bûcheronne, pourras-tu bien toi-même mener perdre tes enfants ? Son mari avait beau lui représenter leur grande pauvreté, elle ne pouvait y consentir : elle était pauvre, mais elle était leur mère. Cependant, ayant considéré quelle douleur ce lui serait de les voir mourir de faim, elle y consentit, et alla se coucher en pleurant. Le Petit Poucet ouït tout ce qu'ils dirent ; car, ayant entendu de son lit qu'ils parlaient d'affaires, il s'était levé tout doucement, et s'était glissé sous l'escabelle de son père pour les écouter sans être vu. Il alla se recoucher, et ne dormit point le reste de la nuit, songeant à ce qu'il avait à faire. Il se leva de bon matin, et alla au bord d'un ruisseau, où il remplit ses poches de petits cailloux blancs, et ensuite revint à la maison.

On partit, et le Petit Poucet ne découvrit rien de ce qu'il savait à ses frères. Ils allèrent dans une forêt fort épaisse, où à dix pas de distance on ne se voyait pas l'un l'autre. Le bûcheron se mit à couper du bois et ses enfants à ramasser des broutilles pour faire des fagots. Le père et la mère, les voyant occupés à travailler, s'éloignèrent d'eux insensiblement et puis s'enfuirent tout à coup, par un petit sentier détourné.

Lorsque ces enfants se virent seuls, ils se mirent à crier et à pleurer de toute leur force. Le Petit Poucet les laissait crier, sachant bien par où ils reviendraient à la maison ; car en marchant il avait laissé tomber le long du chemin les petits cailloux blancs qu'il avait dans ses poches. Il leur dit donc : Ne craignez point, mes frères ; mon père et ma mère nous ont laissés ici, mais je vous ramènerai bien au logis ; suivez-moi seulement. Ils le suivirent, et il les mena jusqu'à leur maison par le même chemin qu'ils étaient venus dans la forêt. Ils n'osèrent d'abord entrer, mais ils se mirent tous contre la porte pour écouter tout ce que disaient leur père et leur mère.

Dans le moment que le bûcheron et la bûcheronne arrivèrent chez eux, le seigneur du village leur envoya dix écus qu'il leur devait il y avait longtemps, et dont ils n'espéraient plus rien. Cela leur redonna la vie, car les pauvres gens mouraient de faim. Le bûcheron envoya sur l'heure sa femme à la boucherie.

Comme il y avait longtemps qu'ils n'avaient mangé, elle acheta trois fois plus de viande qu'il n'en fallait pour le souper de deux personnes. Lorsqu'ils furent rassasiés, la bûcheronne dit : Hélas ! où sont maintenant nos pauvres enfants ? ils feraient bonne chère de ce qui nous reste là. Mais aussi, Guillaume, c'est toi qui les as voulu perdre : j'avais bien dit que nous nous en repentirions. Que font-ils maintenant dans cette forêt ? Hélas ! mon Dieu, les loups les ont peut-être déjà mangés. Tu es bien inhumain d'avoir perdu ainsi tes enfants. Le bûcheron s'impatienta à la fin, car elle redit plus de vingt fois qu'il s'en repentirait, et qu'elle l'avait bien dit. Il la menaça de la battre si elle ne se taisait. Ce n'est pas que le bûcheron ne fut peut-être encore plus fâché que sa femme, mais c'est qu'elle lui rompait la tête, et qu'il était de l'humeur de beaucoup d'autres gens qui aiment fort les femmes qui disent bien, mais qui trouvent très-importunes celles qui ont toujours bien dit. La bûcheronne était tout en pleurs : Hélas ! où sont maintenant mes enfants, mes pauvres enfants ? Elle le dit une fois si haut, que les enfants, qui étaient à la porte, l'ayant entendue, se mirent à crier tous ensemble : Nous voilà ! nous voilà ! Elle courut vite leur ouvrir la porte, et leur dit en les embrassant : Que je suis aise de vous revoir, mes chers enfants ! Vous êtes bien las et vous avez bien faim : et toi, Pierrot, comme te voilà crotté ! viens que je te débarbouille.

Pierrot était son fils aîné, qu'elle aimait plus que tous les autres, parce qu'il était un peu rousseau et qu'elle était un peu rousse. Ils se mirent à table, et mangèrent d'un appétit qui faisait plaisir au père et à la mère, à qui ils racontaient la peur qu'ils avaient eue dans la foret, en parlant presque tous ensemble. Ces bonnes gens étaient ravis de revoir leurs enfants avec eux, et cette joie dura tant que les dix écus durèrent ; mais lorsque l'argent fut dépensé, ils retombèrent dans leur premier chagrin, et résolurent de les perdre encore, et, pour ne pas manquer le coup, de les conduire bien plus loin que la première fois. Ils ne purent parler de cela si secrètement qu'ils ne fussent entendus par le Petit Poucet, qui fit son compte de sortir d'affaire comme il avait déjà fait : mais, quoiqu'il se fut levé de bon matin pour aller ramasser des petits cailloux, il ne put en venir à bout, car il trouva la porte de la maison fermée à double tour. Il ne savait que faire, lorsque la bûcheronne leur ayant donné à chacun un morceau de pain pour leur déjeuner, il songea qu'il pourrait se servir de son pain au lieu de cailloux, en le jetant par miettes le long des chemins où ils passeraient. Il le serra donc dans sa poche. Le père et la mère les menèrent dans l'endroit de la foret le plus épais et le plus obscur ; et dès qu'ils y furent, ils gagnèrent un faux-fuyant et les laissèrent là. Le Petit Poucet ne s'en chagrina pas beaucoup, parce qu'il croyait retrouver aisément son chemin par le moyen de son pain qu'il avait semé partout où il avait passé. Mais il fut bien surpris lorsqu'il ne put en retrouver une seule miette : les oiseaux étaient venus qui avaient tout mangé. Les voilà donc bien affligés ; car plus ils marchaient, plus ils s'égaraient, plus ils s'enfonçaient dans la foret. La nuit vint, et il s'éleva un grand vent qui leur faisait des peurs épouvantables. Ils pensaient n'entendre de tous côtés que les hurlements des loups qui venaient à eux pour les manger. Ils n'osaient presque se parler ni tourner la tête. Il survint une grosse pluie qui les perça jusqu'aux os ; ils glissaient à chaque pas et tombaient dans la boue, d'où ils se relevaient tout crottés, ne sachant que faire de leurs mains. Le Petit Poucet grimpa au haut d'un arbre pourvoir s'il ne découvrirait rien ; tournant la tête de tous côtés, il vit une petite lueur, comme d'une chandelle, mais qui était bien loin par-delà la forêt. Il descendit de l'arbre, et lorsqu'il fut à terre, il ne vit plus rien ; cela le désola. Cependant, ayant marché quelque temps avec ses frères du côté où il avait vu la lumière, il la revit eu sortant du bois. Ils arrivèrent enfin à la maison où était cette chandelle, non sans bien des frayeurs, car souvent ils la perdaient de vue, ce qui leur arrivait toutes les fois qu'ils descendaient dans quelque fond. Ils heurtèrent à la porte, et une bonne femme vint leur ouvrir. Elle leur demanda ce qu'ils voulaient. Le Petit Poucet lui dit qu'ils étaient de pauvres enfants qui s'étaient perdus dans la forêt, et qui demandaient à coucher par charité. Cette femme les voyant tous si jolis, se mit à pleurer, et leur dit : Hélas ! mes pauvres enfants, où êtes vous venus ? Savez-vous bien que c'est ici la maison d'un ogre, qui mange les petits enfants ? — Hélas ! madame, lui répondit le Petit Poucet, qui tremblait de toute sa force aussi bien que ses frères, que ferons-nous ? Il est bien sûr que les loups de la forêt ne manqueront pas de nous manger cette nuit, si vous ne voulez pas nous retirer chez vous ; et cela étant, nous aimons mieux que ce soit M. votre mari qui nous mange ; peut-être qu'il aura pitié de nous, si vous voulez bien l'en prier. La femme de l'ogre, qui crut qu'elle pourrait les cacher à son mari jusqu'au lendemain matin, les laissa entrer, et les mena se chauffer auprès d'un bon feu, car il y avait un mouton tout entier à la broche pour le souper de l'ogre.

Comme ils commençaient à se chauffer, ils entendirent heurter trois ou quatre grands coups à la porte : c'était l'ogre qui revenait. Aussitôt sa femme les fit cacher sous le lit, et alla ouvrir la porte. L'ogre demanda d'abord si le souper était prêt, et si on avait tiré du vin, et aussitôt il se mit à table. Le mouton était encore tout sanglant ; mais il ne lui sembla que meilleur. Il flairait à droite et à gauche, disant qu'il sentait la chair fraîche. Il faut, lui dit sa femme, que ce soit ce veau que je viens d'habiller que vous sentez. — Je sens la chair fraîche, te dis-je encore une fois, reprit l'ogre en regardant sa femme de travers ; il y a ici quelque chose que je n'entends pas. En disant ces mots, il se leva de table et alla droit au lit. Ah ! dit-il, voilà donc comme tu veux me tromper, maudite femme ! Je ne sais à quoi il tient que je ne te mange aussi : bien t'en prend d'être une vieille bête. Voilà du gibier qui me vient bien à propos pour traiter trois ogres de mes amis qui doivent me venir voir ces jours-ci. Il les tira de dessous le lit l'un après l'autre. Ces pauvres enfants se mirent à genoux en lui demandant pardon ; mais ils avaient affaire au plus cruel de tous les ogres, qui, bien loin d'avoir de la pitié, les dévorait déjà des yeux, et disait à sa femme que ce serait là de friands morceaux lorsqu'elle leur aurait fait une bonne sauce. Il alla prendre un grand couteau, et, en approchant de ces pauvres enfants, il l'aiguisait sur une pierre qu'il tenait à sa main gauche. Il en avait déjà empoigné un, lorsque sa femme lui dit : Que voulez-vous faire à l'heure qu'il est ? N'aurez-vous pas assez de temps demain ? — Tais-toi, dit l'ogre ; ils en seront plus mortifiés. — Mais vous avez encore tant de viande, reprit sa femme : voilà un veau, deux moutons et la moitié d'un cochon. — Tu as raison, dit l'ogre, donne-leur bien à souper, afin qu'ils ne maigrissent pas, et va les mener coucher. La bonne femme fut ravie de joie et leur porta bien à souper ; mais ils ne purent manger, tant ils étaient saisis de peur. Pour l'ogre, il se remit à boire, ravi d'avoir de quoi si bien régaler ses amis. Il but une douzaine de coups de plus qu'à l'ordinaire, ce qui lui donna un peu dans la tête et l'obligea de s'aller coucher.

L'ogre avait sept filles qui n'étaient encore que des enfants. Ces petites ogresses avaient toutes le teint fort beau, parce qu'elles mangeaient de la chair fraîche comme leur père ; mais elles avaient de petits yeux gris et tout ronds, le nez crochu, et une fort grande bouche avec de longues dents fort aiguës et fort éloignées l'une de l'autre. Elles n'étaient pas encore fort méchantes, mais ellespromettaient beaucoup, car elles mordaient déjà les petits enfants pour en sucer le sang. On les avait fait coucher de bonne heure, et elles étaient toutes sept dans un grand lit, ayant chacune une couronne d'or sur la tête. Il y avait dans la même chambre un autre lit de la même grandeur ; ce fut dans ce lit que la femme de l'ogre mit coucher les sept petits garçons, après quoi elle alla se coucher auprès de son mari.

Le Petit Poucet, qui avait remarqué que les filles de l'ogre avaient des couronnes d'or sur la tête, et qui craignait qu'il ne prit à l'ogre quelque remords de ne les avoir pas égorgés dès le soir même, se leva vers le milieu de la nuit, et, prenant les bonnets de ses frères et le sien, il alla doucement les mettre sur la tête des sept tilles de l'ogre, après leur avoir ôté leurs couronnes d'or, qu'il mit sur la tête de ses frères et sur la sienne, afin que l'ogre les prit pour ses filles, et ses filles pour les garçons qu'il voulait égorger. La chose réussit comme il l'avait pensé ; car l'ogre, s'étant éveillé sur le minuit, eut regret d'avoir différé au lendemain ce qu'il pouvait exécuter la veille. Il se jeta donc brusquement hors du lit, et prenant son grand couteau : Allons voir, dit-il, comment se portent nos petits drôles ; n'en faisons pas à deux fois. Il monta donc à tâtons à la chambre de ses filles, et s'approcha du lit où étaient les petits garçons, qui donnaient tous, excepté le Petit Poucet, qui eut bien peur lorsqu'il sentit la main de l'ogre qui lui tâtait la tête, comme il avait tâté celle de ses frères. L'ogre qui sentit les couronnes d'or : Vraiment, dit-il, j'allais faire là un bel ouvrage ! Je vois bien que j'ai bu trop hier au soir. Il alla ensuite au lit de ses filles, où, ayant senti les petits bonnets des garçons : Ah ! les voilà, dit-il, nos gaillards ; travaillons hardiment. En disant ces mots, il coupa, sans balancer, la gorge à ses sept filles. Fort content de cette expédition, il alla se recoucher auprès de sa femme. Aussitôt que le Petit Poucet entendit ronfler l'ogre, il réveilla ses frères, et leur dit de s'habiller promptement et de le suivre. Ils descendirent doucement dans le jardin et sautèrent par-dessus les murailles. Ils coururent presque toute la nuit, toujours en tremblant et sans savoir où ils allaient. L'ogre s'étant éveillé, dit à sa femme : Va-t'en là-haut habiller ces petits drôles d'hier au soir. L'ogresse fut fort étonnée de la bonté de son mari, ne se doutant point de la manière qu'il entendait qu'elle les habillât, et croyant qu'il lui ordonnait de les aller vêtir. Elle monta en haut, où elle fut bien surprise lorsqu'elle aperçut ses sept filles égorgées et nageant dans leur sang. Elle commença par s'évanouir (car c'est le premier expédient que trouvent les femmes en pareilles rencontres). L'ogre, craignant que sa femme ne fût trop longtemps à faire la besogne dont il l'avait chargée, monta en haut pour lui aider. Il ne fut pas moins étonné que sa femme lorsqu'il vit cet affreux spectacle. Ah ! qu'ai-je fait là ? s'écria-t-il. Ils me le paieront, les malheureux, et tout à l'heure. Il jeta aussitôt une potée d'eau dans le nez de sa femme, et l'ayant fait revenir :

Donne-moi vite mes bottes de sept lieues, lui dit-il, afin que j'aille les attraper. Il se mit en campagne, et après avoir couru de tous côtés, il entra enfin dans le chemin où marchaient ces pauvres enfants, qui n'étaient plus qu'à cent pas du logis de leur père. Ils virent l'ogre qui allait de montagne en montagne, et qui traversait les rivières aussi aisément qu'il aurait fait du moindre ruisseau. Le Petit Poucet, qui vit un rocher creux proche le lieu où ils étaient, y fit cacher ses six frères, et s'y fourra aussi, regardant toujours ce que l'ogre deviendrait. L'ogre, qui se trouvait fort las du chemin qu'il avait fait inutilement (car les bottes de sept lieues fatiguent fort leur homme), voulut se reposer, et, par hasard, il alla s'asseoir sur la roche où les petits garçons étaient cachés. Comme il n'en pouvait plus de fatigue, il s'endormit après s'être reposé quelque temps, et vint à ronfler si effroyablement, que les pauvres enfants n'en eurent pas moins de peur que quand il tenait son grand couteau pour leur couper la gorge. Le Petit Poucet en eut moins peur, et dit à ses frères de s'enfuir promptement à la maison pendant que l'ogre dormirait bien fort, et qu'ils ne se missent point en peine de lui. Ils crurent son conseil, et gagnèrent bien vite la maison. Le Petit Poucet s'étant approché de l'ogre, lui tira doucement ses bottes et les mit aussitôt. Les bottes étaient fort grandes et fort larges ; mais comme elles étaient fées, elles avaient le don de s'agrandir et de s'apetisser selon la jambe de celui qui les chaussait ; de sorte qu'elles se trouvèrent aussi justes à ses pieds et à ses jambes que si elles eussent été faites pour lui. Il alla droit à la maison de l'ogre, où il trouva sa femme qui pleurait auprès de ses filles égorgées. Votre mari, lui dit le Petit Poucet, est en grand danger, car il a été pris par une troupe de voleurs qui ont juré de le tuer s'il ne leur donne tout son or et tout son argent. Dans le moment qu'ils lui tenaient le poignard sur la gorge, il m'aperçut et m'a prié de vous venir avertir de l'état où il est, de vous dire de me donner tout ce qu'il a vaillant, sans en rien retenir, parce qu'autrement ils le tueront sans miséricorde. Comme la chose presse beaucoup, il a voulu que je prisse ses bottes de sept lieues que voilà, pour faire diligence, et aussi afin que vous ne croyiez pas que je suis un affronteur. La bonne femme, fort effrayée, lui donna aussitôt tout ce qu'elle avait ; car cet ogre ne laissait pas d'être bon mari, quoiqu'il mangeât les petits enfants. Le Petit Poucet, étant donc chargé de toutes les richesses de l'ogre, s'en revint au logis de son père, où il fut reçu avec bien de la joie.

Il y a bien des gens qui ne demeurent pas d'accord de cette dernière circonstance, et qui prétendent que le Petit Poucet n'a jamais fait ce vol à l'ogre, qu'à la vérité il n'avait pas fait conscience de lui prendre ses bottes de sept lieues, parce qu'il ne s'en servait que pour courir après les petits enfants. Ces gens-là assurent le savoir de bonne part et même pour avoir bu et mangé dans la maison du bûcheron. Ils assurent que, lorsque le Petit Poucet eut chaussé les bottes de l'ogre, il s'en alla à la cour, où il savait qu'on était fort en peine d'une armée qui était à deux cents lieues de là, et du succès d'une bataille qu'on avait donnée. Il alla, disent-ils, trouver le roi, et lui dit que, s'il le souhaitait, il lui apporterait des nouvelles de l'armée avant la fin du jour. Le roi lui promit une grosse somme d'argent, s'il en venait à bout. Le Petit Poucet rapporta des nouvelles dès le soir même, et cette course l'ayant fait connaître, il gagnait tout ce qu'il voulait ; car le roi le payait parfaitement pour porter ses ordres à l'armée. Après avoir fait pendant quelque temps le métier de courrier, et y avoir amassé beaucoup de bien, il revint chez son père, où il n'est pas possible d'imaginer la joie qu'on eut de le revoir. Il mit toute sa famille à son aise. Il acheta des offices de nouvelle création pour son père et pour ses frères, et par là il les établit tous et fit parfaitement bien sa cour en même temps.

MORALITÉ.

Ou ne s'afflige point d'avoir beaucoup d'enfants,
Quand ils sont beaux, et bien faits et bien grands,
Et d'un extérieur qui brille ;
Mais si l'un d'eux est faible, on ne dit mot ;
On le méprise, on le raille, on le pille ;
Quelquefois cependant c'est ce petit marmot
Qui fera le bonheur de toute la famille.

LA BELLE AU BOIS DORMANT

Il y avait une fois un roi et une reine qui étaient si fâchés de n'avoir point d'enfants, si fâchés, qu'on ne saurait le dire. Ils allèrent à toutes les eaux du monde ; vœux, pèlerinages, tout fut mis en œuvre, et rien n'y faisait. Enfin pourtant la reine devint mère d'une petite fille. On fit un beau baptême ; on donna pour marraines à la petite princesse toutes les fées qu'on put trouver dans le pays (il s'en trouva sept), afin que, chacune d'elles lui faisant un don, comme c'était la coutume des fées en ce temps-là, la princesse eût par ce moyen toutes les perfections imaginables. Après les cérémonies du baptême, toute la compagnie revint au palais du roi, où il y avait un grand festin pour les fées. On mit devant chacune d'elles un couvert magnifique, avec un étui d'or massif, où il y avait une cuillère, une fourchette et un couteau de fin or, garnis de diamants et de rubis. Mais comme chacun prenait sa place à table, on vit entrer une vieille fée qu'on n'avait point priée, parce qu'il y avait plus de cinquante ans qu'elle n'était sortie d'une tour, et qu'on la croyait morte ou enchantée. Le roi lui fit donner un couvert, mais il n'y eut pas moyen de lui donner un étui d'or massif comme aux autres, parce que l'on n'en avait fait faire que sept pour les sept fées : la vieille crut qu'on la méprisait, et grommela quelques menaces entre ses dents. Une des jeunes fées, qui se trouva auprès d'elle, l'entendit, et jugeant qu'elle pourrait donner quelque fâcheux don à la petite princesse, alla, dès qu'on fut sorti de table, se cacher derrière la tapisserie, afin de parler la dernière, et de pouvoir réparer, autant qu'il lui serait possible, le mal que la vieille aurait fait. Cependant les fées commencèrent à faire leur don à la princesse. La plus jeune lui donna pour don qu'elle serait la plus belle personne du monde ; celle d'après, qu'elle aurait de l'esprit comme un ange : la troisième, qu'elle aurait une grâce admirable à tout ce qu'elle ferait ; la quatrième, qu'elle danserait parfaitement bien ; la cinquième, qu'elle chanterait comme un rossignol, et la sixième, qu'elle jouerait de toutes sortes d'instruments dans la dernière perfection. Le rang de la vieille fée étant venu, elle dit en branlant la tête, encore plus de dépit que de vieillesse, que la princesse se percerait la main d'un fuseau, et qu'elle en mourrait. Ce terrible don fit frémir toute la compagnie, et il n'y eut personne qui ne pleurât. Dans ce moment, la jeune fée sortit de derrière la tapisserie, et dit tout haut ces paroles : Rassurez-vous, roi et reine, votre fille n'en mourra pas ; il est vrai que je n'ai pas assez de puissance pour défaire ce que mon ancienne a fait : la princesse se percera la main d'un fuseau ; mais, au lieu d'en mourir, elle tombera seulement dans un profond sommeil qui durera cent ans, au bout desquels le fils d'un roi viendra la réveiller. Le roi, pour tâcher d'éviter le malheur annoncé par la vieille, fit publier aussitôt un édit par lequel il défendait à toutes personnes de filer au fuseau ni d'avoir des fuseaux chez soi, sous peine de la vie. Au bout de quinze ou seize ans, le roi et la reine étant allés à une de leurs maisons de plaisance, il arriva que la jeune princesse, courant un jour dans le château, et montant de chambre en chambre, alla jusqu'au haut d'un donjon, dans un petit galetas, où une bonne vieille était seule à filer sa quenouille. Cette bonne femme n'avait point ouï parler des défenses que le roi avait faites de filer au fuseau. — Que faites-vous là, ma bonne femme ? dit la princesse. — Je file, ma belle enfant, lui répondit la vieille, qui ne la connaissait pas. — Ah ! que cela est joli ! reprit la princesse ;

comment faites-vous ? donnez-moi que je voie si j'en ferai bien autant. Elle n'eut pas plus tôt pris le fuseau que comme elle était fort vive, un peu étourdie, et que d'ailleurs l'arrêt des fées l'ordonnait ainsi, elle s'en perça la main et tomba évanouie. La bonne vieille, bien embarrassée, crie au secours : on vient de tous côtés ; on jette de l'eau au visage de la princesse ; on la délace, on lui frappe dans les mains, on lui frotte les tempes avec de l'eau de la reine de Hongrie ; mais rien ne la faisait revenir. Alors le roi, qui était monté au bruit, se souvint de la prédiction des fées, et jugeant bien qu'il fallait que cela arrivât, puisque les fées l'avaient dit, fit mettre la princesse dans le plus bel appartement du palais, sur un lit en broderie d'or et d'argent. On eût dit un ange, tant elle était belle, car son évanouissement n'avait point ôté les couleurs vives de son teint ; ses joues étaient incarnates, et ses lèvres comme du corail ; elle avait seulement les yeux fermés, mais on l'entendait respirer doucement, ce qui faisait voir qu'elle n'était pas morte. Le roi ordonna qu'on la laissât dormir en repos, jusqu'à ce que son heure de se réveiller fût venue. La bonne fée qui lui avait sauvé la vie en la condamnant à dormir cent ans, était dans le royaume de Mataquin, à douze mille lieues de là, lorsque l'accident arriva à la princesse ; mais elle en fut avertie en un instant par un petit nain qui avait des bottes de sept lieues (c'étaient des bottes avec lesquelles on faisait sept lieues d'une seule enjambée). La fée partit aussitôt, et on la vit au bout d'une heure arriver dans un chariot de feu, traîné par des dragons. Le roi lui alla présenter la main à la descente du chariot. Elle approuva tout ce qu'il avait fait ; mais comme elle était grandement prévoyante, elle pensa que, quand la princesse viendrait à se réveiller, elle serait bien embarrassée toute seule dans ce vieux château : voici ce qu'elle fit. Elle toucha de sa baguette tout ce qui était dans ce château (hors le roi et la reine), gouvernantes, filles d'honneur, femmes de chambre, gentilshommes, officiers, maîtres d'hôtel, cuisiniers, marmitons, galopins, gardes, suisses, pages, valets de pied ; elle toucha aussi tous les chevaux qui étaient dans les écuries, avec les palefreniers, les gros mâtins de la basse-cour, et la petite *Pouffe*, petite chienne de la princesse, qui était auprès d'elle sur son lit. Dès qu'elle les eut touchés, ils s'endormirent tous, pour ne s'éveiller qu'en même temps que leur maîtresse, afin d'être toujours prêts à la servir quand elle en aurait besoin. Les broches mêmes qui étaient au feu, tontes pleines de perdrix et de faisans, s'endormirent, et le feu aussi. Tout cela se fit en un moment : les fées n'étaient pas longues à leur besogne. Alors le roi et la reine, après avoir baisé leur chère enfant sans qu'elle s'éveillât, sortirent du château, et firent publier des défenses à qui que ce fût d'en approcher. Ces défenses n'étaient pas nécessaires ; car il crut dans un quart d'heure tout autour du parc une si grande quantité de grands arbres et de petits, de ronces et d'épines entrelacées les unes dans les autres, que bête ni homme n'y aurait pu passer ; en sorte qu'on ne voyait plus que le haut des tours du château, encore n'était-ce que de bien loin. On ne douta point que la fée n'eût encore fait là un tour de son métier, afin que la princesse, pendant qu'elle dormirait, n'eût rien à craindre des curieux.

Au bout de cent ans, le fils du roi qui régnait alors, et qui était d'une autre famille que la princesse endormie, étant allé à la chasse de ce côté-là, demanda ce que c'était que ces tours qu'il voyait au-dessus d'un grand bois fort épais. Chacun lui répondit selon qu'il en avait ouï parler : les uns disaient que c'était un vieux château où il revenait des esprits ; les autres, que tous les sorciers de la contrée y faisaient leur sabbat. La plus commune opinion était qu'un ogre y demeurait, et que là il emportait tous les enfants qu'il pouvait attraper, pour les pouvoir manger à son aise, et sans qu'on pût le suivre, ayant seul le pouvoir de se faire un passage au travers du bois. Le prince ne savait qu'en croire, lorsqu'un vieux paysan prit la parole, et dit : Mon prince, il y a plus de cinquante ans que j'ai ouï dire à mon père qu'il y avait dans ce château une princesse, la plus belle qu'on eût jamais vue, qui devait dormir cent ans, et qu'elle serait réveillée par le fils d'un roi, à qui elle était réservée. Le jeune prince, à ce discours, se sentit tout de feu : il crut, sans balancer, qu'il mettrait fin à une si belle aventure ; et, poussé par l'amour et par la gloire, il résolut de voir sur-le-champ ce qu'il en était. À peine s'avança-t-il vers le bois, que tous ces grands arbres, ces ronces et ces épines s'écartèrent d'eux-mêmes pour le laisser passer. Il marcha vers le château qu'il voyait au bout d'une grande avenue, où il entra, et, ce qui le surprit un peu, il vit que personne de ses gens ne l'avait pu suivre, parce que les arbres s'étaient rapprochés dès qu'il avait été passé. Il ne laissa pas de continuer son chemin, un prince jeune et amoureux est toujours vaillant. Il entra dans une grande avant-cour, où tout ce qu'il vit d'abord était capable de le glacer de crainte.

C'était un silence affreux ; l'image de la mort s'y présentait partout, et ce n'étaient que des corps étendus d'hommes et d'animaux qui paraissaient morts. Il reconnut pourtant bien au nez bourgeonné et à la face vermeille des suisses, qu'ils n'étaient qu'endormis, et leurs tasses où il y avait encore quelques gouttes de vin montraient assez qu'ils s'étaient endormis en buvant. Il passe dans une grande cour pavée de marbre ; il monte l'escalier ; il entre dans la salle des gardes, qui étaient rangés en haie, la carabine sur l'épaule, et ronflant de leur mieux. Il traverse plusieurs chambres pleines de gentilshommes et de dames dormant tous, les uns debout, les autres assis. Il entra dans une chambre toute dorée, et il vit sur un lit, dont les rideaux étaient ouverts de tous côtés, le plus beau spectacle qu'il eût jamais vu : une princesse qui paraissait avoir quinze ou seize ans, et dont l'éclat resplendissant avait quelque chose de lumineux et de divin. Il s'approcha en tremblant et en admirant, et se mit à genoux auprès d'elle.

Alors, comme la fin de l'enchantement était venue, la princesse s'éveilla, et, le regardant avec des yeux plus tendres qu'une première vue ne semblait le permettre : Est-ce vous, mon prince ? vous vous êtes bien fait attendre ! Le prince, charmé de ces paroles, et plus encore de la manière dont elles étaient dites, ne savait comment lui témoigner sa joie et sa reconnaissance ; il l'assura qu'il l'aimait plus que lui-même. Ses discours furent mal rangés ; ils en plurent davantage, peu d'éloquence, beaucoup d'amour. Il était plus embarrassé qu'elle, et l'on ne doit pas s'en étonner : elle avait eu le temps de songer à ce qu'elle aurait à lui dire ; car il y a apparence (l'histoire n'en dit pourtant rien) que la bonne fée, pendant un si long sommeil, lui avait procuré le plaisir des songes agréables. Enfin, il y avait quatre heures qu'ils se parlaient, et ils ne s'étaient pas encore dit la moitié des choses qu'ils avaient à se dire.

Cependant tout le palais s'était éveillé avec la princesse ; chacun songeait à faire sa charge, et, comme ils n'étaient pas tous amoureux, ils mouraient de faim. La dame d'honneur, pressée comme les autres, s'impatienta, et dit tout haut à la princesse que la viande était servie. Le prince aida la princesse a se lever. Elle était tout habillée, et fort magnifiquement ; mais il se garda bien de lui dire qu'elle était habillée comme sa mère-grand, et qu'elle avait un collet monté. Elle n'en était pas moins belle. Ils passèrent dans un salon de miroirs et y soupèrent, servis par les officiers de la princesse. Les violons et les hautbois jouèrent de vieilles pièces, mais excellentes, quoiqu'il y eût plus de cent ans qu'on ne les jouait plus ; et après souper, sans perdre de temps, le grand aumônier les maria dans la chapelle du château. Le lendemain, de grand matin, le prince se hâta de retourner à la ville, où son père devait être en peine de lui. Le prince lui dit qu'en chassant il s'était perdu dans la forêt, et qu'il avait couché dans la hutte d'un charbonnier, qui lui avait fait manger du pain noir et du fromage. Le roi son père, qui était un bonhomme, le crut ; sa mère n'en fut pas bien persuadée, et voyant qu'il allait presque tous les jours à la chasse, et qu'il avait toujours une raison en main pour s'excuser, quand il avait couché deux ou trois nuits dehors, elle ne douta plus qu'il n'eut quelque amourette : car il vécut avec la princesse plus de deux ans, et en eut deux enfants, dont le premier, qui était une fille, fut nommé l'*Aurore*, et le second, un fils qu'on nomma le *Jour*, parce qu'il paraissait encore plus beau que sa sœur. La reine dit plusieurs fois à son fils, pour le faire expliquer, qu'il fallait se contenter dans la vie, mais il n'osa jamais se fier à elle de son secret : il la craignait, quoiqu'il l'aimât ; car elle était de race ogresse, et le roi ne l'avait épousée qu'à cause de ses grands biens. On disait même tout bas à la cour qu'elle avait les inclinations des ogres, et qu'en voyant passer des petits enfants, elle avait toutes les peines du monde à se retenir de se jeter sur eux : ainsi le prince ne voulut jamais rien dire. Mais quand le roi fut mort, ce qui arriva au bout de deux ans, et qu'il se vit le maître, il déclara publiquement son mariage, et alla en grande cérémonie quérir la reine sa femme dans son château. On lui fit une entrée magnifique dans la ville capitale, où elle entra au milieu de ses deux enfants. Quelque temps après, le roi alla faire la guerre à l'empereur Cantalabutte, son voisin. Il laissa la régence du royaume à la reine sa mère, et lui recommanda fort sa femme et ses enfants. Il devait être à la guerre tout l'été ; et, dès qu'il fut parti, la reine-mère envoya sa bru et ses enfants à une maison de campagne dans les bois, pour pouvoir plus aisément assouvir son horrible envie. Elle y alla quelques jours après, et dit un soir à son maître d'hôtel : — Je veux manger demain à mon dîner la petite Aurore. — Ah ! madame ! dit le maître d'hôtel. — Je le veux, dit la reine (et elle le dit d'un ton d'ogresse qui a envie de manger de la chair fraîche), et je la veux manger à la sauce Robert. Ce pauvre homme, voyant bien qu'il ne fallait pas se jouer à une ogresse, prit son grand couteau et monta à la chambre de la petite Aurore : elle avait pour lors quatre ans, et vint en sautant et en riant se jeter à son cou, et lui demander du bonbon. Il se mit à pleurer ; le couteau lui tomba des mains, et il alla dans la basse-cour couper la gorge à un petit agneau, et lui fit une si bonne sauce, que sa maîtresse l'assura qu'elle n'avait jamais rien mangé de si bon. Il avait emporté en même temps la petite Aurore, et l'avait donnée à sa femme pour la cacher dans le logement qu'elle avait au fond de la basse-cour. Huit jours après, la méchante reine dit à son maître d'hôtel : — Je veux manger à mon souper le petit Jour. Il ne répliqua pas, résolu de la tromper comme l'autre fois. Il alla chercher le petit Jour, et le trouva avec un petit fleuret à la main, dont il faisait des armes avec un gros singe ; il n'avait pourtant que trois ans. Il le porta à sa femme, qui le cacha avec la petite Aurore, et donna, à la place du petit Jour, un chevreau fort tendre, que l'ogresse trouva admirablement bon.

Cela était fort bien allé jusque-là ; mais un soir, cette méchante reine dit au maître d'hôtel : — Je veux manger la reine à la même sauce que ses enfants. Ce fut alors que le pauvre maître d'hôtel désespéra de la pouvoir encore tromper. La jeune reine avait vingt ans passés, sans compter les cent ans qu'elle avait dormi ; sa peau était un peu dure, quoique belle et blanche ; et le moyen de trouver dans sa ménagerie une bête aussi dure que cela ! Il prit la résolution, pour sauver sa vie, de couper la gorge à la reine, et monta dans sa chambre dans l'intention de n'en pas faire à deux fois. Il s'excitait à la fureur, et entra le poignard à la main dans la chambre de la jeune reine ; il ne voulut pourtant point la surprendre, et lui dit avec beaucoup de respect l'ordre qu'il avait reçu de la reine-mère. — Faites, faites, lui dit-elle en lui tendant le cou ; exécutez l'ordre que l'on vous a donné ; j'irai revoir mes enfants, mes pauvres enfants que j'ai tant aimés. Elle les croyait morts depuis qu'on les avait enlevés sans lui rien dire. — Non, non, madame, lui répondit le pauvre maître d'hôtel tout attendri, vous ne mourrez point, et vous ne laisserez pas d'aller revoir vos enfants ; mais ce sera chez moi, où je les ai cachés, et je tromperai encore la reine en lui faisant manger une jeune biche à votre place. Il la mena aussitôt à sa chambre, où, la laissant embrasser ses enfants et pleurer avec eux, il alla accommoder une biche que la reine mangea à son souper avec le même appétit que si c'eût été la jeune reine. Elle était bien contente de sa cruauté, elle se préparait à dire au roi, à son retour, que des loups enragés avaient mangé la reine sa femme et ses deux enfants.

Un soir qu'elle rôdait à son ordinaire, dans les cours et basses-cours du château pour y haléner quelque viande fraîche, elle entendit dans une salle basse le petit Jour qui pleurait de ce que la reine, sa mère, le voulait faire fouetter à cause qu'il avait été méchant ; elle entendit aussi la petite Aurore qui demandait pardon pour son frère. L'ogresse reconnut la voix de la reine et de ses enfants, et furieuse d'avoir été trompée, elle commanda dès le lendemain au matin, avec une voix épouvantable qui faisait trembler tout le monde, qu'on apportât au milieu de la cour une grande cuve, qu'elle fît remplir de vipères, de crapauds, de couleuvres et de serpents, pour y faire jeter la reine et ses enfants, le maître d'hôtel, sa femme et sa servante : elle avait donné ordre de les amener les mains liées derrière le dos. Ils étaient là, et les bourreaux se préparaient à les jeter dans la cuve, lorsque le roi, qu'on n'attendait pas sitôt, entra dans la cour à cheval ; il était venu en poste, et demanda, tout étonné, ce que voulait dire cet horrible spectacle. Personne n'osait l'en instruire ; l'ogresse, enragée de voir ce qu'elle voyait, se jeta elle-même la tête la première dans la cuve, et fut dévorée en un instant par les vilaines bêtes qu'elle y avait fait mettre. Le roi ne laissa pas d'en être fâché : elle était sa mère, mais il s'en consola bientôt avec sa belle femme et ses enfants.

MORALITÉ.

Attendre quelque temps pour avoir un époux
Riche, bien fait, galant et doux,
La chose est assez naturelle
Mais l'attendre cent ans, et toujours en dormant,

On ne trouve plus de femelle
Qui dormît si tranquillement.
La fable semble encore vouloir nous faire entendre
Que souvent de l'hymen les agréables nœuds,
Pour être différés, n'en sont pas moins heureux,
Et qu'on ne perd rien pour attendre ;
Mais le sexe avec tant d'ardeur
Aspire à la foi conjugale,
Que je n'ai pas la force ni le cœur
De lui prêcher cette morale.

PEAU D'ÂNE

Il était une fois un roi si grand, si aimé de ses peuples, si respecté de tous ses voisins et de ses alliés, qu'on pouvait dire qu'il était le plus heureux de tous les monarques. Son bonheur était encore confirmé par le choix qu'il avait fait d'une princesse aussi belle que vertueuse, et ces heureux époux vivaient dans une union parfaite. De leur chaste hymen était née une fille douée de tant de grâces et de charmes, qu'il ne regrettait point de n'avoir pas une plus ample lignée.

La magnificence, le goût et l'abondance régnaient dans son palais ; les ministres étaient sages et habiles ; les courtisans vertueux et attachés ; les domestiques fidèles et laborieux : les écuries vastes et remplies des plus beaux chevaux du monde, couverts de riches caparaçons. Mais ce qui étonnait les étrangers qui venaient admirer ces belles écuries, c'est qu'au lieu le plus apparent un maître âne étalait de longues et grandes oreilles.

Ce n'était pas par fantaisie, mais avec raison, que le roi lui avait donné une place particulière et distinguée. Les vertus de ce rare animal méritaient cette distinction, puisque la nature l'avait formé si extraordinaire, que sa litière, au lieu d'être malpropre, était couverte tous les matins, avec profusion, de beaux écus au soleil et de louis d'or de toute espèce, qu'on allait recueillir à son réveil.

Or, comme les vicissitudes de la vie s'étendent aussi bien sur les rois que sur les sujets, et que toujours les biens sont mêlés de quelques maux, le ciel permit que la reine fut tout à coup attaquée d'une âpre maladie, pour laquelle, malgré la science et l'habileté des médecins, on ne put trouver aucun secours. La désolation fut générale. Le roi, sensible et amoureux, malgré le proverbe fameux qui dit que l'hymen est le tombeau de l'amour, s'affligeait sans modération, faisait des vœux ardents à tous les temples de son royaume, offrait sa vie pour celle d'une épouse si chérie ; mais les dieux et les fées étaient invoqués en vain.

La reine, sentant sa dernière heure approcher, dit à son époux qui fondait en larmes : Trouvez bon, avant que je meure, que j'exige une chose de vous ; c'est que, s'il vous prenait envie de vous remarier… À ces mots, le roi fit des cris pitoyables, prit les mains de sa femme, les baigna de pleurs, en l'assurant qu'il était superflu de lui parler d'un second hyménée.

— Non, non, dit-il enfin, ma chère reine ; parlez-moi plutôt de vous suivre.

— L'État, reprit la reine avec une fermeté qui augmentait les regrets de ce prince, l'État, qui doit exiger des successeurs, voyant que je ne vous ai donné qu'une fille, doit vous presser d'avoir des fils qui vous ressemblent : mais je vous demande instamment, par tout l'amour que vous avez eu pour moi, de ne céder à l'empressement de vos peuples que lorsque vous aurez trouvé une princesse plus belle et mieux faite que moi ; j'en veux votre serment, et alors je mourrai contente. On présume que la reine, qui ne manquait pas d'amour-propre, avait exigé ce serment, pensant bien, ne croyant pas qu'il fût au monde personne qui pût l'égaler, que c'était s'assurer que le roi ne se remarierait jamais. Enfin elle mourut. Jamais mari ne fit tant de vacarme : pleurer, sangloter jour et nuit, menus droits de veuvage, furent son unique occupation.

Les grandes douleurs ne durent pas. D'ailleurs les grands de l'État s'assemblèrent, et vinrent en corps demander au roi de se remarier. Cette proposition lui parut dure, et lui fit répandre de nouvelles larmes. Il alléguait le serment qu'il avait fait à la reine, défiant tous ses conseillers de pouvoir trouver une princesse plus belle et mieux faite que feue sa femme, pensant que cela était impossible. Mais le conseil traita de babiole une telle promesse et dit qu'il importait peu de la beauté, pourvu qu'une reine fût vertueuse et point stérile, que l'État demandait des princes pour son repos et sa tranquillité ; qu'à la vérité l'infante avait toutes les qualités requises pour faire une grande reine, mais qu'il fallait lui choisir un étranger pour époux, et qu'alors, ou cet étranger l'emmènerait chez lui, ou que, s'il régnait avec elle, ses enfants ne seraient plus réputés du même sang, et que, n'y ayant point de prince de son nom, les peuples voisins pouvaient leur susciter des guerres qui entraîneraient la ruine du royaume. Le roi, frappé de ces considérations, promit qu'il songerait à les contenter.

Effectivement, il chercha parmi les princesses à marier qui serait celle qui pourrait lui convenir. Chaque jour on lui apportait des portraits charmants, mais aucun n'avait les grâces de la feue reine ; ainsi il ne se déterminait point. Malheureusement il devint tout à fait fou, quoiqu'il eût beaucoup d'esprit, et s'avisa de trouver que l'infante sa fille était, non-seulement belle et bien faite à ravir, mais qu'elle surpassait encore de beaucoup la reine sa mère en esprit et en agrément : sa jeunesse, l'agréable fraîcheur de son beau teint, enflamma le roi d'un feu si violent, qu'il ne put le cacher à l'infante, et lui dit qu'il avait résolu de l'épouser, puisqu'elle seule pouvait le dégager de son serment.

La jeune princesse, remplie de vertu et de pudeur, pensa s'évanouir à cette horrible proposition. Elle se jeta aux pieds du roi son père, et le conjura avec toute la force qu'elle put trouver dans son esprit de ne la pas contraindre à commettre un tel crime.

Le roi, qui s'était mis en tête ce bizarre projet, avait consulté un vieux druide pour mettre la conscience de la princesse en repos. Ce druide, moins religieux qu'ambitieux, sacrifia à l'honneur d'être le confident d'un grand roi l'intérêt de l'innocence et de la vertu, et s'insinua avec tant d'adresse dans l'esprit du roi, lui adoucit tellement le crime qu'il allait commettre, qu'il lui persuada même que c'était une œuvre pie que d'épouser sa fille. Ce prince, flatté par le discours de ce scélérat, l'embrassa, et revint d'avec lui plus entêté que jamais de son projet : il fit donc ordonner à l'infante de se préparer à lui obéir.

La jeune princesse, outrée d'une vive douleur, n'imagina rien autre chose que d'aller trouver la fée des Lilas, sa marraine. Pour cet effet, elle partit la même nuit dans un joli cabriolet attelé d'un gros mouton qui savait tous les chemins. Elle y arriva heureusement. La fée, qui aimait) infante, lui dit qu'elle savait tout ce qu'elle venait lui dire, mais qu'elle n'en eût aucun souci, que rien ne pouvait lui nuire, si elle exécutait fidèlement ce qu'elle allait lui prescrire. Car, ma chère enfant, lui dit-elle, ce serait une grande faute que d'épouser votre père ; mais, sans le contredire, vous pouvez l'éviter. Dites-lui que, pour remplir une fantaisie que vous avez, il faut qu'il vous donne une robe de la couleur du temps ; jamais, avec tout son amour et son pouvoir, il ne pourra y parvenir. La princesse remercia bien sa marraine ; et dès le lendemain matin elle dit au roi son père ce que la fée lui avait conseillé, et protesta qu'on ne tirerait d'elle aucun aveu, qu'elle n'eût la robe couleur du temps. Le roi, ravi de l'espérance qu'elle lui donnait, assembla les plus fameux ouvriers, et leur commanda cette robe, sous la condition que s'ils ne pouvaient réussir, il les ferait tous pendre. Il n'eut pas le chagrin d'en venir à cette extrémité ; dès le second jour, ils apportèrent la robe si désirée. L'empirée n'est pas d'un plus beau bleu, lorsqu'il est teint d'un nuage d'or, que cette belle robe lorsqu'elle fut étalée. L'infante en fut toute contristée, et ne savait comment se tirer d'embarras. Le roi pressait la conclusion ; il fallut recourir encore à la marraine, qui, étonnée de ce que son secret n'avait pas réussi, lui dit d'essayer d'en demander une de la couleur de la lune. Le roi, qui ne pouvait rien lui refuser, envoya chercher les plus habiles ouvriers, et leur commanda si expressément une robe couleur de la lune, qu'entre ordonner et l'apporter il n'y eut pas vingt-quatre heures. L'infante, plus charmée de cette superbe robe que des soins du roi son père, s'affligea immodérément lorsqu'elle fut avec ses femmes et sa nourrice. La fée des Lilas, qui savait tout, vint au secours de l'affligée princesse, et lui dit : Ou je me trompe fort, ou je crois que, si vous demandez une robe couleur du soleil, nous viendrons à bout de dégoûter le roi votre père ; car jamais on ne pourra parvenir à faire une pareille robe, et nous gagnerons toujours du temps. L'infante en convint, demanda la robe, et l'amoureux roi donna sans regret tous les diamants et les rubis de sa couronne pour aider à ce superbe ouvrage, avec ordre de ne rien épargner pour rendre cette robe égale au soleil. Aussi, dès qu'elle parut, tous ceux qui la virent déployée furent obligés de fermer les yeux, tant ils furent éblouis. C'est de ce temps que datent les lunettes vertes et les verres noirs. Que devint l'infante à cette vue ? Jamais on n'avait rien vu de si beau et de si artistement ouvré. Elle était confondue, et, sous prétexte d'en avoir mal aux yeux, elle se retira dans sa chambre, où la fée l'attendait, plus honteuse qu'on ne peut dire. Ce fut bien pis, car, en voyant la robe couleur du soleil, elle devint rouge de colère. Oh ! pour le coup, ma fille, nous allons mettre l'indigne amour de votre père à une terrible épreuve. Je le crois bien entêté de ce mariage, qu'il croit si prochain ; mais je pense qu'il sera un peu étourdi de la demande que je vous conseille de lui faire : c'est la peau de cet âne qu'il aime si passionnément, et qui fournit à toutes ses dépenses avec tant de profusion ; allez, et ne manquez pas de lui dire que vous désirez cette peau. L'infante, ravie de trouver encore un moyen d'éluder un mariage qu'elle détestait, et qui pensait en même temps que son père ne pourrait jamais se résoudre à sacrifier son âne, vint le trouver et lui exposa son désir pour la peau de ce bel animal. Quoique le roi fût étonné de cette fantaisie, il ne balança pas à la satisfaire. Le pauvre âne fut sacrifié, et la peau galamment apportée à l'infante, qui, ne voyant plus aucun moyen d'éluder son malheur, s'allait désespérer, lorsque sa marraine accourut. Que faites-vous ? ma fille, dit-elle, voyant la princesse arrachant ses cheveux et meurtrissant ses belles joues ; voici le moment le plus heureux de votre vie.

Enveloppez-vous de cette peau, sortez de ce palais et allez tant que la terre pourra vous porter : lorsqu'on sacrifie tout à la vertu, les dieux savent en récompenser. Allez, j'aurai soin que votre toilette vous suive partout en quelque lieu que vous vous arrêtiez, votre cassette, où seront vos habits et vos bijoux, suivra vos pas sous terre, et voici ma baguette que je vous donne ; en frappant la terre quand vous aurez besoin de cette cassette, elle paraîtra devant vos yeux ; mais hâtez-vous de partir, et ne tardez pas.

L'infante embrassa mille fois sa marraine, la pria de ne pas l'abandonner, s'affubla de cette vilaine peau, après s'être barbouillée de suie de cheminée, et sortit de ce riche palais sans être reconnue par personne.

L'absence de l'infante causa une grande rumeur. Le roi, au désespoir, qui avait fait préparer une fête magnifique, était inconsolable. Il fit partir plus de cent gendarmes et plus de mille mousquetaires pour aller à la quête de sa fille ; mais la fée qui la protégeait la rendait invisible aux plus habiles recherches : ainsi il lui fallut bien s'en consoler.

Pendant ce temps l'infante cheminait. Elle alla bien loin, bien loin, encore plus loin, et cherchait partout une place ; mais quoique par charité on lui donnât à manger, on la trouvait si crasseuse, que personne n'en voulait. Cependant elle entra dans une belle ville, à la porte de laquelle était une métairie, dont la fermière avait besoin d'un souillon pour laver les torchons et nettoyer les dindons et l'auge des cochons. Cette femme, voyant cette voyageuse si malpropre, lui proposa d'entrer chez elle, ce que l'infante accepta de grand cœur, tant elle était lasse d'avoir tant marché. On la mit dans un coin de la cuisine, où elle fut les premiers jours en butte aux plaisanteries grossières de la valetaille, tant sa peau d'âne la rendait sale et dégoûtante. Enfin on s'y accoutuma ; d'ailleurs elle était si soigneuse de remplir ses devoirs, que la fermière la prit sous sa protection. Elle conduisait les moutons, les faisait parquer au temps où il le fallait ; elle menait les dindons paître avec une telle intelligence, qu'il semblait qu'elle n'eût jamais fait autre chose ; aussi tout fructifiait sous ses belles mains.

Un jour qu'assise près d'une claire fontaine, où elle déplorait souvent sa triste condition, elle s'avisa de s'y mirer, l'effroyable peau d'âne qui faisait sa coiffure et son habillement l'épouvanta. Honteuse de cet ajustement, elle se décrassa le visage et les mains, qui devinrent plus blanches que l'ivoire, et son beau teint reprit sa fraîcheur naturelle. La joie de se trouver si belle lui donna envie de s'y baigner, ce qu'elle exécuta ; mais il lui fallut remettre son indigne peau pour retourner à la métairie. Heureusement, le lendemain était un jour de fête : ainsi elle eut le loisir de tirer sa cassette, d'arranger sa toilette, de poudrer ses beaux cheveux, et de mettre sa belle robe couleur du temps. Sa chambre était si petite, que la queue de cette belle robe ne pouvait pas s'étendre. La belle princesse se mira et s'admira elle-même avec raison, si bien qu'elle résolut, pour se désennuyer, de mettre tour à tour ses belles robes les fêtes et les dimanches, ce qu'elle exécuta ponctuellement. Elle mêlait des fleurs et des diamants dans ses beaux cheveux avec un art admirable, et souvent elle soupirait de n'avoir pour témoins de sa beauté que ses moutons et ses dindons, qui l'aimaient autant avec son horrible peau d'âne, dont on lui avait donné le nom dans cette ferme.

Un jour de fête que Peau d'Âne avait mis sa robe couleur de soleil, le fils du roi, à qui cette ferme appartenait, vint y descendre pour se reposer en revenant de la chasse.

Ce prince était jeune, beau et admirablement bien fait, l'amour de son père et de la reine sa mère, adoré des peuples. On offrit une collation champêtre à ce jeune prince, qui l'accepta ; puis il se mit à parcourir les basses-cours et tous les recoins. En courant ainsi de lieu en lieu, il entra dans une sombre allée, au bout de laquelle il vit une porte fermée. La curiosité lui fit mettre l'œil à la serrure.

Mais que devint-il en apercevant la princesse si belle et si richement vêtue, qu'à son air noble et modeste il la prit pour une divinité ! L'impétuosité du sentiment qu'il éprouva dans ce moment l'aurait porté à enfoncer la porte, sans le respect que lui inspira cette ravissante personne.

Il sortit avec peine de cette petite allée sombre et obscure, mais ce fut pour s'informer qui était la personne qui demeurait dans cette petite chambre. On lui répondit que c'était un souillon qu'on nommait Peau d'Âne, à cause de la peau dont elle s'habillait, et qu'elle était si sale et si crasseuse que personne ne la regardait ni ne lui parlait, et qu'on ne l'avait prise que par pitié pour garder les moutons et les dindons.

Le prince, peu satisfait de cet éclaircissement, vit bien que ces gens grossiers n'en savaient pas davantage et qu'il était inutile de les questionner. Il revint au palais du roi son père plus amoureux qu'on ne peut dire, ayant continuellement devant les yeux la belle image de cette divinité qu'il avait vue par le trou de la serrure. Il se repentit de n'avoir pas heurté à la porte, et se promit bien de n'y pas manquer une autre fois. Mais l'agitation de son sang, causée par l'ardeur de son amour, lui donna dans la même nuit une fièvre si terrible, que bientôt il fut réduit à l'extrémité. La reine sa mère, qui n'avait que lui d'enfant, se désespérait de ce que tous les remèdes étaient inutiles. Elle promettait en vain les plus grandes récompenses aux médecins ; ils y employaient tout leur art, mais rien ne guérissait le prince. Enfin ils devinèrent qu'un mortel chagrin causait tout ce ravage ; ils en avertirent la reine, qui toute pleine de tendresse pour son fils, vint le conjurer de dire la cause de son mal, et que quand il s'agirait de lui céder la couronne, le roi son père descendrait de son trône sans regret pour l'y faire monter ; que s'il désirait quelque princesse, quand même on serait en guerre avec le roi son père, et qu'on eût de justes sujets de s'en plaindre, on sacrifierait tout pour obtenir ce qu'il désirait ; mais qu'elle le conjurait de ne pas se laisser mourir, puisque de sa vie dépendait la leur. La reine n'acheva pas ce touchant discours sans mouiller le visage du prince d'un torrent de larmes. Madame, lui dit enfin le prince avec une voix très-faible, je ne suis pas assez dénaturé pour désirer la couronne de mon père ; plût au ciel qu'il vive de longues années, et qu'il veuille bien que je sois longtemps le plus fidèle et le plus respectueux de ses sujets. Quant aux princesses que vous m'offrez, je n'ai point encore pensé a me marier ; et vous pensez bien que, soumis comme je suis à vos volontés, je vous obéirai toujours, quoi qu'il m'en coûte. — Ah ! mon fils, reprit la reine, rien ne nous coûtera pour te sauver la vie ; mais, mon cher fils, sauve la mienne et celle du roi ton père, en me déclarant ce que tu désires, et sois bien assuré qu'il te sera accordé. — Eh bien ! madame, dit-il, puisqu'il faut vous déclarer ma pensée, je vais vous obéir ; je me ferais un crime de mettre en danger deux êtres qui me sont si chers. Oui, ma mère, je désire que Peau d'Âne me fasse un gâteau, et que, dès qu'il sera fait, on me l'apporte. La reine, étonnée de ce nom bizarre, demanda qui était cette Peau d'Âne. — C'est, madame, reprit un de ses officiers, qui par hasard avait vu cette fille, c'est, dit-il, la plus vilaine bête après le loup ; une noire peau, une crasseuse qui loge dans votre métairie et qui garde vos dindons.

— N'importe, dit la reine ; mon fils, au retour de la chasse, a peut-être mangé de sa pâtisserie ; c'est une fantaisie de malade ; en un mot, je veux que Peau d'Âne, puisque Peau d'Âne il y a, lui fasse promptement un gâteau.

On courut à la métairie, et l'on fit venir Peau d'Âne, pour lui ordonner de faire de son mieux un gâteau pour le prince.

Quelques auteurs ont assuré qu'au moment que ce prince avait mis l'œil à la serrure, Peau d'Âne l'avait aperçu, et puis que, regardant par sa petite fenêtre, elle avait vu ce prince si jeune, si beau et si bien fait, que l'idée lui en était restée, et que souvent ce souvenir lui avait coûté quelques soupirs. Quoi qu'il en soit, Peau d'Âne l'ayant vu, ou en ayant beaucoup entendu parler avec éloge, ravie de pouvoir trouver un moyen d'être connue, s'enferma dans sa chambrette, jeta sa vilaine peau, se décrassa le visage et les mains, se coiffa de ses blonds cheveux, mit un beau corset d'argent brillant, un jupon pareil, et se mit à faire le gâteau tant désiré : elle prit de la plus pure farine, des œufs et du beurre bien frais. En travaillant, soit de dessein ou autrement, une bague qu'elle avait au doigt tomba dans la pâte, s'y mêla, et dès que le gâteau fut cuit, s'affublant de son horrible peau, elle donna le gâteau à l'officier, à qui elle demanda des nouvelles du prince ; mais cet homme, ne daignant pas lui répondre, courut chez le prince lui porter ce gâteau.

Le prince le prit avidement des mains de cet homme, et le mangea avec une telle vivacité, que les médecins qui étaient présents ne manquèrent pas de dire que cette fureur n'était pas un bon signe ; effectivement le prince pensa s'étrangler par la bague qu'il trouva dans un des morceaux du gâteau, mais il la retira adroitement de sa bouche, et son ardeur à dévorer ce gâteau se ralentit en examinant cette fine émeraude montée sur un jonc d'or, dont le cercle était si étroit, qu'il jugea ne pouvoir servir qu'au plus joli doigt du monde.

Il baisa mille fois cette bague, la mit sous son chevet et l'en tirait à tout moment quand il croyait n'être vu de personne. Le tourment qu'il se donna pour imaginer comment il pourrait voir celle à qui cette bague pouvait aller, et n'osant croire, s'il demandait Peau d'Âne, qui avait fait ce gâteau qu'il avait demandé, qu'on lui accordât de la faire venir, n'osant non plus dire ce qu'il avait vu par le trou de cette serrure, de crainte qu'on ne se moquât de lui et qu'on ne le prît pour un visionnaire, toutes ces idées le tourmentant à la fois, la fièvre le reprit fortement et les médecins, ne sachant plus que faire, déclarèrent à la reine que le prince était malade d'amour. La reine accourut chez son fils avec le roi, qui se désolait : Mon fils, mon cher fils, s'écria le monarque affligé, nomme-nous celle que tu veux ; nous jurons que nous te la donnerons, fût-elle la plus vile des esclaves. La reine, en l'embrassant, lui confirma le serment du roi. Le prince, attendri par les larmes et les caresses des auteurs de ses jours : Mon père et ma mère, leur dit-il, je n'ai point dessein de faire une alliance qui vous déplaise ; et pour preuve de cette vérité, dit-il en tirant l'émeraude de dessous son chevet, c'est que j'épouserai celle à qui cette bague ira, quelle qu'elle soit, et il n'y a pas d'apparence que celle qui aura ce joli doigt soit une rustaude ou une paysanne. Le roi et la reine prirent la bague, l'examinèrent curieusement, et jugèrent, ainsi que le prince, que cette bague ne pouvait aller qu'à quelque fille de bonne maison.

Alors le roi, ayant embrassé son fils en le conjurant de guérir, sortit aussitôt, fit sonner les tambours, les fifres et les trompettes par toute la ville, et crier par les hérauts que l'on n'avait qu'à venir au palais pour essayer une bague, et que celle à qui elle irait juste épouserait l'héritier du trône.

Les princesses d'abord arrivèrent, puis les duchesses, les marquises et les baronnes ; mais elles eurent beau toutes s'amenuiser les doigts, aucune ne put mettre la bague. Il en fallut venir aux grisettes, qui, toutes jolies qu'elles étaient, avaient toutes les doigts trop gros. Le prince, qui se portait mieux, faisait lui-même l'essai. Enfin on en vint aux filles de chambre : elles ne réussirent pas mieux. Il n'y avait plus personne qui n'eût essayé cette bague sans succès, lorsque le prince demanda les cuisinières, les marmitonnes, les gardeuses de moutons : on amena tout cela ; mais leurs gros doigts rouges et courts ne purent seulement pas aller par-delà de l'ongle.

A-t-on fait venir cette Peau d'Âne qui m'a fait un gâteau ces jours derniers ? dit le prince. Chacun se prit à rire, et lui dit que non, tant elle était sale et crasseuse. Qu'on l'aille chercher tout à l'heure, dit le roi ; il ne sera pas dit que j'aie excepté quelqu'un. On courut, en riant et se moquant, chercher la dindonnière.

L'infante, qui avait entendu les tambours et les cris des hérauts d'armes, s'était bien doutée que sa bague faisait ce tintamarre ; elle aimait le prince, et comme le véritable amour est craintif et n'a point de vanité, elle était dans la crainte continuelle que quelque dame n'eût le doigt aussi menu que le sien. Elle eut donc une grande joie quand on vint la chercher et qu'on heurta à la porte. Depuis qu'elle avait su qu'on cherchait un doigt propre à mettre sa bague, je ne sais quel espoir l'avait portée à se coiffer plus soigneusement, et à mettre son beau corset d'argent, avec le jupon plein de falbalas, de dentelles d'argent, semé d'émeraudes.

Sitôt qu'elle entendit qu'on heurtait à la porte et qu'on l'appelait pour aller chez le prince, elle remit promptement sa peau d'âne, ouvrit sa porte, et ces gens, se moquant d'elle, lui dirent que le roi la demandait pour lui faire épouser son fils ; puis, avec de longs éclats de rire, ils la menèrent chez le prince, qui, lui-même étonné de l'accoutrement de cette fille, n'osa croire que ce fût celle qu'il avait vue si belle. Triste et confus de s'être si lourdement trompé : Est-ce vous, lui dit-il, qui logez au fond de cette allée obscure, dans la troisième basse-cour de la métairie ? — Oui ! seigneur, répondit-elle. — Montrez-moi votre main, dit-il en tremblant et poussant un profond soupir. Dame ! qui fut bien surpris ? ce fut le roi et la reine, ainsi que tous les chambellans et les grands de la cour, lorsque dessous cette peau noire et crasseuse sortit une petite main délicate, blanche et couleur de rose, où la bague s'ajusta sans peine au plus joli petit doigt du monde ; et, par un petit mouvement que l'infante se donna, la peau tomba ; elle parut d'une beauté si ravissante, que le prince, tout faible qu'il était, se mit à ses genoux en même temps que le roi et la reine vinrent l'embrasser de toute leur force, et lui demander si elle voulait bien épouser leur fils. La princesse, confuse de tant de caresses et de l'amour que lui marquait ce beau prince, allait cependant les en remercier, lorsque le plafond au salon s'ouvrit, et la fée des Lilas, descendant dans un char fait de branches et de fleurs de son nom, conta, avec une grâce infinie, l'histoire de l'infante. Le roi et la reine, charmés de voir que Peau d'Âne était une grande princesse, redoublèrent leurs caresses : mais le prince fut encore plus sensible à la vertu de la princesse, et son amour s'accrut par cette connaissance. L'impatience du prince pour épouser la princesse fut telle, qu'à peine donna-t-il le temps de faire les préparatifs convenables pour cet auguste hyménée. Le roi et la reine, qui étaient affolés de leur belle-fille, lui faisaient mille caresses et la tenaient incessamment dans leurs bras ; elle avait déclaré qu'elle ne pouvait épouser le prince sans le consentement du roi son père ; aussi fut-il le premier auquel on envoya une invitation, sans lui dire quelle était l'épousée ; la fée des Lilas, qui présidait à tout, comme de raison, l'avait exigé, à cause des conséquences. Il vint des rois de tous les pays, les uns en chaise à porteurs, d'autres en cabriolet : les plus éloignés montés sur des éléphants, sur des tigres, sur des aigles ; mais le plus magnifique et le plus puissant fut le père de l'infante, qui heureusement avait oublié son amour déréglé et avait épousé une reine veuve fort belle dont il n'avait point eu d'enfants. L'infante courut au-devant de lui : il la reconnut aussitôt et l'embrassa avec une grande tendresse avant qu'elle eût le temps de se jeter à ses genoux. Le roi et la reine lui présentèrent leur fils, qu'il combla d'amitiés. Les noces se firent avec toute la pompe imaginable. Le roi, père du prince, fit couronner son fils ce même jour, et, lui baisant la main, le plaça sur son trône malgré la résistance de ce fils bien aimé ; mais il fallut obéir. Les fêtes de cet illustre mariage durèrent près de trois mois ; mais l'amour de ces deux époux durerait encore, tant ils s'aimaient, s'ils n'étaient pas morts cent ans après.

MORALITÉ.

Le conte de Peau d'Anne est difficile à croire ;
Mais, tant que dans le monde on aura des enfants,
Des mères et des-mères-grands,
On en gardera la mémoire.

LA BARBE BLEUE

Il était une fois un homme qui avait de belles maisons à la ville et à la campagne, de la vaisselle d'or et d'argent, des meubles en broderie et des carrosses tout dorés : mais, par malheur, cet homme avait la barbe bleue ; cela le rendait si laid et si terrible, qu'il n'était ni femme ni fille qui ne s'enfuît devant lui. Une de ses voisines, dame de qualité, avait deux filles parfaitement belles. Il lui en demanda une en mariage, en lui laissant le choix de celle qu'elle voulait lui donner. Elles n'en voulaient point toutes deux et se le renvoyaient l'une à l'autre, ne pouvant se résoudre à prendre un homme qui eût la barbe bleue. Ce qui les dégoûtait encore, c'est qu'il avait déjà épousé plusieurs femmes, et qu'on ne savait ce que ces femmes étaient devenues. La Barbe Bleue, pour faire connaissance, les mena avec leur mère, trois ou quatre de leurs meilleures amies, et quelques jeunes gens du voisinage, à une de ses maisons de campagne, où on demeura huit jours entiers. Ce n'étaient que promenades, que parties de chasse et de pêche, que danses et festins, que collations : on ne donnait point et on passait toute la nuit à se faire des malices les uns aux autres ; enfin, tout alla si bien, que la cadette commença à trouver que le maître du logis n'avait plus la barbe si bleue, et que c'était un fort honnête homme. Dès qu'on fut de retour à la ville, le mariage se conclut. Au bout d'un mois, la Barbe Bleue dit à sa femme qu'il était obligé de faire un voyage en province, de six semaines au moins, pour une affaire de conséquence ; qu'il la priait de bien se divertir pendant son absence ; qu'elle fit venir ses bonnes amies, qu'elle les menât à la campagne si elle voulait ; que partout elle fit bonne chère. Voilà, lui dit-il, les clefs des deux garde-meubles ; voilà celle de la vaisselle d'or et d'argent, qui ne sert pas tous les jours ; voilà celle de mes coffres-forts, où est tout mon or et mon argent ; celle de mes cassettes, où sont mes pierreries, et voilà le passe-partout de tous mes appartements. Pour cette petite clef-ci, c'est la clef du cabinet au bout de la grande galerie de l'appartement d'en bas ; ouvrez tout, allez partout ; mais pour ce petit cabinet, je vous défends d'y entrer, et je vous le défends de telle sorte que, s'il vous arrive de l'ouvrir, il n'y a rien que vous ne deviez attendre de ma colère.

Elle promit d'observer exactement tout ce qui lui venait d'être ordonné, et lui, après l'avoir embrassée, monte dans son carrosse, et part pour son voyage. Les voisines et les bonnes amies n'attendirent pas qu'on les envoyât quérir pour aller chez la jeune mariée, tant elles avaient d'impatience de voir toutes les richesses de sa maison, n'ayant osé y venir pendant que le mari y était, à cause de sa barbe bleue qui leur faisait peur. Les voilà aussitôt à parcourir les chambres, les cabinets, les garde-robes, toutes plus belles les unes que les autres. Elles montèrent ensuite aux garde-meubles, où elles ne pouvaient assez admirer le nombre et la beauté des tapisseries, des lits, des sofas, des cabinets, des guéridons, des tables et des miroirs, où l'on se voyait depuis les pieds jusqu'à la tête, et dont les bordures, les unes de glace, les autres d'argent et de vermeil doré, étaient les plus belles et les plus magnifiques qu'on eût jamais vues ; elles ne cessaient d'exagérer et d'envier le bonheur de leur amie, qui cependant ne se divertissait point à voir toutes ces richesses, à cause de l'impatience qu'elle avait d'aller ouvrir le cabinet de l'appartement bas. Elle fut si pressée de sa curiosité, que, sans considérer qu'il était malhonnête de quitter sa compagnie, elle descendit par un escalier dérobé, avec tant de précipitation, qu'elle pensa se rompre le cou deux ou trois fois. Étant arrivée à la porte du cabinet, elle s'y arrêta quelque temps, songeant à la défense que son mari lui avait faite, et considérant qu'il pourrait lui arriver malheur d'avoir été désobéissante ; mais la tentation était si forte qu'elle ne put la surmonter ; elle prit donc la petite clef, et ouvrit en tremblant la porte du cabinet. D'abord elle ne vit rien, parce que les fenêtres étaient fermées ; après quelques moments, elle commença à voir que le plancher était couvert de sang caillé, dans lequel se mirait les corps de plusieurs femmes mortes et attachées le long des murs : c'étaient toutes les femmes que la Barbe Bleue avait épousées, et qu'il avait égorgées l'une après l'autre. Elle pensa mourir de peur, et la clef du cabinet, qu'elle venait de retirer de la serrure, lui tomba de la main. Après avoir un peu repris ses sens, elle ramassa la clef, referma la porte, et monta à sa chambre pour se remettre un peu ; mais elle n'en pouvait venir à bout, tant elle était émue. Ayant remarqué que la clef du cabinet était tachée de sang, elle l'essuya deux ou trois fois, mais le sang ne s'en allait point ; elle eut beau la laver, et même la frotter avec du sable et du grès, il y demeura toujours du sang, car la clef était fée et il n'y avait pas moyen de la nettoyer tout à fait ; quand on ôtait le sang d'un côté, il revenait de l'autre. La Barbe Bleue revint de son voyage dès le soir même, et dit qu'il avait reçu des lettres dans le chemin qui lui avaient appris que l'affaire pour laquelle il était parti venait d'être terminée à son avantage. Sa femme fit tout ce qu'elle put pour lui témoigner qu'elle était ravie de son prompt retour. Le lendemain, il lui redemanda les clefs et elle les lui donna, mais d'une main si tremblante, qu'il devina sans peine tout ce qui s'était passé. D'où vient, lui dit-il, que la clef du cabinet n'est pas avec les autres ? — Il faut, lui dit-elle, que je l'aie laissée là-haut sur ma table. — Ne manquez pas, dit la Barbe Bleue, de me la donner tantôt. Après plusieurs remises, il fallut apporter la clef. La Barbe Bleue l'ayant considérée, dit à sa femme : Pourquoi y a-t-il du sang sur cette clef ? — Je n'en sais rien, répondit la pauvre femme, plus pâle que la mort. — Vous n'en savez rien ? reprit la Barbe Bleue ; je le sais bien, moi : vous avez voulu entrer dans le cabinet. Eh bien ! madame, vous y entrerez, et irez prendre place auprès des dames que vous y avez vues. Elle se jeta aux pieds de son mari, en pleurant et en lui demandant pardon, avec toutes les marques d'un vrai repentir de n'avoir pas été obéissante. Elle aurait attendri un rocher, belle et affligée comme elle était ; mais la Barbe Bleue avait un cœur plus dur qu'un rocher. Il faut mourir, madame, lui dit-il, et tout à l'heure. — Puisqu'il faut mourir, répondit-elle en le regardant les yeux baignés de larmes, donnez-moi un peu de temps pour prier Dieu. — Je vous donne un demi-quart d'heure, reprit la Barbe Bleue, mais pas un moment davantage. Lorsqu'elle fut seule, elle appela sa sœur et lui dit : Ma sœur Anne (car elle s'appelait ainsi), monte, je te prie, sur le haut de la tour, pour voir si mes frères ne viennent point : ils m'ont promis qu'ils viendraient me voir aujourd'hui ; et si tu les vois, fais-leur signe de se hâter. La sœur Anne monta sur le haut de la tour, et la pauvre affligée lui criait de temps en temps : Anne, ma sœur Arme, ne vois-tu rien venir ? Et sa sœur lui répondait : Je ne vois que le soleil qui poudroie, et l'herbe qui verdoie. Cependant la Barbe Bleue, tenant un grand coutelas à la main, criait de toute sa force : Descends vite, ou je monterai là-haut. — Encore un moment, s'il vous plaît, lui répondit sa femme. Et aussitôt elle criait tout bas : Anne, ma sœur Anne, ne vois-tu rien venir ? Et la sœur Anne répondait : Je ne vois que le soleil qui poudroie et l'herbe qui verdoie. — Descends donc vite, criait la Barbe Bleue, ou je monterai là-haut. — Je m'en vais, répondit la femme, et puis elle criait : Anne, ma sœur Anne, ne vois-tu rien venir. — Je vois, répondit la sœur Anne, une grande poussière qui vient de ce côté-ci. — Sont-ce mes frères ? — Hélas ! non, ma sœur : je vois un troupeau de moutons. — Ne veux-tu pas descendre ? criait la Barbe Bleue. — Encore un petit moment, répondit sa femme ; et puis elle criait : Anne, ma sœur Anne, ne vois-tu rien venir ? — Je vois, répondit-elle, deux cavaliers qui viennent de ce côté ; mais ils sont bien loin encore. Dieu soit loué ! s'écria-t-elle un moment après : ce sont mes frères. Je leur fais signe, tant que je puis, de se hâter. La Barbe Bleue se mit à crier si fort que la maison en trembla. La pauvre femme descendit, et alla se jeter à ses pieds tout éplorée et tout échevelée. — Cela ne sert de rien, dit la Barbe Bleue, il faut mourir. Puis, la prenant d'une main par les cheveux, et, de l'autre, levant le coutelas en l'air, il allait lui abattre la tête. La pauvre femme, se tournant vers lui, et le regardant avec des yeux mourants, lui demanda un petit moment pour se recueillir. — Non, non, dit-il, recommande-toi bien à Dieu ; et, levant son bras… Dans ce moment on heurta si fort à la porte, que la Barbe Bleue s'arrêta tout court : on ouvrit, et aussitôt on vit entrer deux cavaliers qui, mettant l'épée à la main, coururent droit à la Barbe Bleue. Il reconnut que c'étaient les frères de sa femme, l'un dragon et l'autre mousquetaire, de sorte qu'il s'enfuit aussitôt pour se sauver ; mais les deux frères le poursuivirent de si près, qu'ils l'attrapèrent avant qu'il pût gagner le perron. Ils lui passèrent leur épée au travers du corps, et le laissèrent mort. La pauvre femme était presque aussi morte que son mari, et n'avait pas la force de se lever pour embrasser ses frères. Il se trouva que la Barbe Bleue n'avait point d'héritiers, et qu'ainsi sa femme demeura maîtresse de tous ses biens. Elle en employa une partie à marier sa jeune sœur Anne avec un jeune gentilhomme dont elle était aimée depuis longtemps ; une autre partie à acheter des charges de capitaine à ses deux frères, et le reste à se marier elle-même à un fort honnête homme, qui lui fit oublier le mauvais temps qu'elle avait passé avec la Barbe Bleue.

MORALITÉ.

La curiosité, malgré tous ses attraits,
Coûte souvent bien des regrets ;
On en voit tous les jours mille exemples paraître,
C'est, n'en déplaise au sexe, un plaisir bien léger.
Dès qu'on le prend, il cesse d'être,
Et toujours il coûte trop cher.

RIQUET À LA HOUPPE

Il était une fois une reine qui eut un fils si laid et si mal fait, qu'on douta longtemps s'il avait forme humaine. Une fée, qui se trouva à sa naissance, assura qu'il aurait beaucoup d'esprit : elle ajouta même qu'il pourrait, en vertu du don qu'elle venait de lui faire, donner autant d'esprit qu'il en aurait à la personne qu'il aimerait le mieux.

Tout cela consola un peu la pauvre reine, qui était bien affligée d'avoir mis au monde un si vilain marmot.

Il est vrai que cet enfant ne commença pas plus tôt à parler qu'il dit mille choses, et qu'il avait dans toutes ses actions je ne sais quoi de si spirituel, qu'on en était charmé.

J'oubliais de dire qu'il vint au monde avec une petite houppe de cheveux sur la tête ; ce qui fit qu'on le nomma Riquet à la Houppe : car Riquet était le nom de famille.

Au bout de sept ou huit ans, la reine d'un royaume voisin eut deux filles.

La première qui vint au monde était plus belle que le jour : la reine en fut si aise qu'on appréhenda que la trop grande joie qu'elle en avait ne lui fit du mal.

La même fée qui avait assisté à la naissance du petit Riquet à la Houppe était présente ; et, pour modérer la joie de la reine, elle lui déclara que cette petite princesse n'aurait point d'esprit, et qu'elle serait aussi stupide qu'elle était belle.

Cela mortifia beaucoup la reine ; mais elle eut, quelques moments après, un bien plus grand chagrin : car la seconde fille qu'elle mit au monde se trouva extrêmement laide.

« Ne vous affligez pas tant, madame, lui dit la fée : votre fille sera récompensée d'ailleurs, et elle aura tant d'esprit qu'on ne s'apercevra presque pas qu'il lui manque de la beauté.

— Dieu le veuille, répondit la reine ; mais n'y aurait-il pas moyen de faire avoir un peu d'esprit à l'aînée qui est si belle ?

— Je ne puis rien pour elle, madame, du côté de l'esprit, lui dit la fée, mais je puis tout du côté de la beauté, et, comme il n'y a rien que je ne veuille pour votre satisfaction, je vais lui donner pour don de pouvoir rendre beau ou belle la personne qui lui plaira. »

À mesure que ces deux princesses devinrent grandes, leurs perfections crûrent aussi avec elles, et on ne parlait partout que de la beauté de l'aînée et de l'esprit de la cadette.

Il est vrai que leurs défauts augmentèrent beaucoup avec l'âge. La cadette enlaidissait à vue d'œil, et l'aînée devenait plus stupide de jour en jour : ou elle ne répondait rien à ce qu'on lui demandait, ou elle disait une sottise. Elle était avec cela si maladroite, qu'elle n'eût pu ranger quatre porcelaines sur le bord de la cheminée sans en casser une, ni boire un verre d'eau sans en répandre la moitié sur ses habits.

Quoique la beauté soit un grand avantage dans une jeune personne, cependant la cadette l'emportait presque toujours sur son aînée dans toutes les compagnies.

D'abord on allait du côté de la plus belle, pour la voir et pour l'admirer ; mais bientôt après on allait à celle qui avait le plus d'esprit, pour lui entendre dire mille choses agréables ; et on était étonné qu'en moins d'un quart d'heure l'aînée n'avait plus personne auprès d'elle et que tout le monde s'était rangé autour de la cadette.

L'aînée, quoique fort stupide, le remarqua bien ; et elle eût donné sans regret toute sa beauté pour avoir la moitié de l'esprit de sa sœur.

La reine, toute sage qu'elle était, ne put s'empêcher de lui reprocher plusieurs fois sa bêtise : ce qui pensa faire mourir de douleur cette pauvre princesse.

Un jour qu'elle s'était retirée dans un bois pour y plaindre son malheur, elle vit venir à elle un petit homme fort laid et fort désagréable, mais vêtu très-magnifiquement.

C'était le jeune prince Riquet à la Houppe, qui, était devenu amoureux d'elle sur ses portraits qui couraient par tout le monde, avait quitté le royaume de son père pour avoir le plaisir de la voir et de lui parler.

Ravi de la rencontrer ainsi toute seule, il l'aborde avec tout le respect et la politesse imaginables. Ayant remarqué, après lui avoir fait tous compliments ordinaires, qu'elle était fort mélancolique, il lui dit :

« Je ne comprends point, madame, comment une personne aussi belle que vous l'êtes peut être aussi triste que vous le paraissez ; car, quoique je puisse me vanter d'avoir vu une infinité de belles personnes, je puis dire que je n'en ai jamais vu dont la beauté approche de la vôtre.

— Cela vous plaît à dire, monsieur, lui répondit la princesse ; et elle en demeura là.

— La beauté, reprit Riquet à la Houppe, est un si grand avantage, qu'il doit tenir lieu de tout le reste ; et, quand on le possède, je ne vois pas qu'il y ait rien qui puisse vous affliger beaucoup.

— J'aimerais mieux, dit la princesse, être aussi laide que vous et avoir de l'esprit, que d'avoir de la beauté comme j'en ai, et être bête autant que je le suis.

— Il n'y a rien, madame, qui marque davantage qu'on a de l'esprit que de croire n'en pas avoir ; et il est de la nature de ce bien-là que plus on en a, plus on croit en manquer.

— Je ne sais pas cela, dit la princesse, mais je sais bien que je suis fort bête, et c'est de là que vient le chagrin qui me tue.

— Si ce n'est que cela, madame, qui vous afflige, je puis aisément mettre fin à votre douleur.

— Et comment ferez-vous ? dit la princesse.

— J'ai le pouvoir, madame, dit Riquet à la Houppe, de donner de l'esprit autant qu'on en saurait avoir à la personne que je dois aimer le plus ; et comme vous êtes, madame, cette personne, il ne tiendra qu'à vous que vous n'ayez autant d'esprit qu'on en peut avoir, pourvu que vous vouliez m'épouser. »

La princesse demeura tout interdite et ne répondit rien.

« Je vois, reprit Riquet à la Houppe, que cette proposition vous a fait de la peine, et je ne m'en étonne pas ; mais je vous donne un an tout entier pour vous y résoudre. »

La princesse avait si peu d'esprit, et en même temps une si grande envie d'en avoir, qu'elle s'imagina que la fin de cette année ne viendrait jamais : de sorte qu'elle accepta la proposition qui lui était faite. Elle n'eut pas plus tôt promis à Riquet à la Houppe qu'elle l'épouserait dans un an à pareil jour, qu'elle se sentit tout autre qu'elle n'était auparavant : elle se trouva une facilité incroyable à dire tout ce qui lui plaisait, et à le dire d'une manière fine, aisée et naturelle. Elle commença dès ce moment une conversation galante et soutenue avec Riquet à la Houppe, où elle brilla d'une telle force, que Riquet à la Houppe crut lui avoir donné plus d'esprit qu'il ne s'en était réservé pour lui-même.

Quand elle fut retournée au palais, toute la cour ne savait que penser d'un changement si subit et si extraordinaire : car autant on lui avait ouï dire d'impertinences auparavant, autant lui entendait-on dire des choses bien sensées et infiniment spirituelles.

Toute la cour en eut une joie qui ne se peut imaginer ; il n'y eut que sa cadette qui n'en fut pas bien aise, parce que, n'ayant plus sur son aînée l'avantage de l'esprit, elle ne paraissait plus auprès d'elle qu'une guenon fort désagréable.

Le roi se conduisait par ses avis et allait même quelquefois tenir le conseil dans son appartement.

Le bruit de ce changement s'étant répandu, tous les jeunes princes des royaumes voisins firent leurs efforts pour s'en faire aimer, et presque tous la demandèrent en mariage ; mais elle n'en trouvait point qui eût assez d'esprit, et elle les écoutait tous sans s'engager à aucun d'eux.

Cependant il en vint un si puissant, si riche, si spirituel et si bien fait, qu'elle ne put s'empêcher d'avoir de la bonne volonté pour lui.

Son père s'en étant aperçu, lui dit qu'il la faisait la maîtresse sur le choix d'un époux, et qu'elle n'avait qu'à se déclarer.

Comme plus on a d'esprit, et plus on a de peine à prendre une ferme résolution sur cette affaire, elle demanda, après avoir remercié son père, qu'il lui donnât du temps pour y penser.

Elle alla par hasard se promener dans le bois où elle avait trouvé Riquet à la Houppe, pour rêver plus commodément à ce qu'elle avait à faire.

Dans le temps qu'elle se promenait rêvant profondément, elle entendit un bruit sourd sous ses pieds, comme de plusieurs personnes qui vont et viennent et qui agissent.

Ayant prêté l'oreille plus attentivement, elle ouït que l'un disait : « Apporte-moi cette chaudière ; » l'autre : « Mets du bois dans ce feu. »

La terre s'ouvrit dans le même temps, et elle vit sous ses pieds comme une grande cuisine pleine de cuisiniers, de marmitons et de toutes sortes d'officiers nécessaires pour faire un festin magnifique. Il en sortit une bande de vingt ou trente rôtisseurs, qui allèrent se camper dans une allée du bois, autour d'une table fort longue, et qui tous, la lardoire à la main et la queue de renard sur l'oreille, se mirent à travailler en cadence, au son d'une chanson harmonieuse.

La princesse, étonnée de ce spectacle, leur demanda pour qui ils travaillaient.

« C'est, madame, lui répondit le plus apparent de la bande, pour le prince Riquet à la Houppe, dont les noces se feront demain. »

La princesse, encore plus surprise qu'elle ne l'avait été, et se ressouvenant tout à coup qu'il y avait un an qu'à pareil jour elle avait promis d'épouser le prince Riquet à la Houppe, pensa tomber de son haut. Ce qui faisait qu'elle ne s'en souvenait pas, c'est que, quand elle fit cette promesse, elle était une bête, et qu'en prenant le nouvel esprit que le prince lui avait donné, elle avait oublié toutes ses sottises.

Elle n'eut pas fait trente pas en continuant sa promenade, que Riquet à la Houppe se présenta à elle, brave, magnifique et comme un prince qui va se marier.

« Vous me voyez, dit-il, madame, exact à tenir ma parole, et je ne doute point que vous ne veniez ici pour exécuter la vôtre, et me rendre, en me donnant votre main, le plus heureux de tous les hommes.

— Je vous avouerai franchement, répondit la princesse, que je n'ai pas encore pris ma résolution là-dessus, et que je ne crois pas pouvoir jamais la prendre telle que vous la souhaitez.

— Vous m'étonnez, madame, lui dit Riquet à la Houppe.

— Je le crois, dit la princesse ; et assurément, si j'avais affaire à un brutal, à un homme sans esprit, je me trouverais bien embarrassée. Une princesse n'a que sa parole, me dirait-il, et il faut que vous m'épousiez, puisque vous me l'avez promis ; mais comme celui à qui je parle est l'homme du monde qui a le plus d'esprit, je suis sûre qu'il entendra raison. Vous savez que, quand je n'étais qu'une bête, je ne pouvais néanmoins me résoudre à vous épouser ; comment voulez-vous qu'ayant l'esprit que vous m'avez donné, qui me rend encore plus difficile en gens que je n'étais, je prenne aujourd'hui une résolution que je n'ai pu prendre dans ce temps-là ? Si vous pensiez tant à m'épouser, vous avez eu grand tort de m'ôter ma bêtise et de me faire voir plus clair que je ne voyais.

— Si un homme sans esprit, répondit Riquet à la Houppe, était bien reçu, comme vous venez de le dire, à vous reprocher votre manque de parole, pourquoi voulez-vous, madame, que je n'en use pas de même dans une chose où il y va de tout le bonheur de ma vie ? Est-il raisonnable que les personnes qui ont de l'esprit soient d'une pire condition que ceux qui n'en ont pas ? Le pouvez-vous prétendre, vous qui en avez tant et qui avez tant souhaité d'en avoir ? Mais venons au fait, s'il vous plaît. À la réserve de ma laideur, y a-t-il quelque chose en moi qui vous déplaise ? Êtes-vous malcontente de ma naissance, de mon esprit, de mon humeur et de mes manières ? — Nullement, répondit la princesse ; j'aime en vous tout ce que vous venez de me dire.

— Si cela est ainsi, répondit Riquet à la Houppe, je vais être heureux, puisque vous pouvez me rendre le plus aimable de tous les hommes.

— Comment cela se peut-il faire ? lui dit la princesse.

— Cela se fera, répondit Riquet à la Houppe, si vous m'aimez assez pour souhaiter que cela soit ; et afin, madame, que vous n'en doutiez pas, sachez que la même fée qui, au jour de ma naissance, me fit le don de pouvoir rendre spirituelle la personne qui me plairait, vous a aussi fait le don de pouvoir rendre beau celui que vous aimerez et à qui vous voudrez bien faire cette faveur.

— Si la chose est ainsi, dit la princesse, je souhaite de tout mon cœur que vous deveniez le prince du monde le plus beau et le plus aimable, et je vous en fais le don autant qu'il est en moi. »

La princesse n'eut pas plus tôt prononcé ces paroles, que Riquet à la Houppe parut à ses yeux l'homme du monde le plus beau, le mieux fait et le plus aimable qu'elle eût jamais vu.

Quelques-uns assurent que ce ne furent point les charmes de la fée qui opérèrent, mais que l'amour seul fit cette métamorphose. Ils disent que la princesse, ayant fait réflexion sur la persévérance de son amant, sur sa discrétion et sur toutes les bonnes qualités de son âme et de son esprit, ne vit plus la difformité de son corps ni la laideur de son visage ; que sa bosse ne lui sembla plus que le bon air d'un homme qui fait le gros dos ; et qu'au lieu que jusqu'alors elle l'avait vu boiter effroyablement, elle ne lui trouva plus qu'un certain air penché qui la charmait. Ils disent encore que ses yeux, qui étaient louches, ne lui en parurent que plus brillants ; que leur dérèglement passa dans son esprit pour la marque d'un violent excès d'amour ; et qu'enfin son gros nez rouge eut pour elle quelque chose de martial et d'héroïque.

Quoi qu'il en soit, la princesse lui promit sur-le-champ de l'épouser, pourvu qu'il en obtînt le consentement du roi son père.

Le roi, ayant su que sa fille avait beaucoup d'estime pour Riquet à la Houppe, qu'il connaissait d'ailleurs pour un prince très-spirituel et très-sage, le reçut avec plaisir pour son gendre.

Dès le lendemain, les noces furent faites, ainsi que Riquet à la Houppe l'avait prévu, et selon les ordres qu'il en avait donnés longtemps auparavant.

MORALITÉ.

Ce que l'on voit dans cet écrit
Est moins un conte en l'air que la vérité même ;
Tout est beau dans ce que l'on aime,
Tout ce qu'on aime a de l'esprit.

AUTRE MORALITÉ.

Dans un objet où la nature
Aura mis de beaux traits, et la vive peinture
D'un teint où jamais l'art ne saurait arriver,
Tous ces dons pourront moins pour rendre un cœur sensible
Qu'un seul agrément invisible
Que l'amour y fera trouver.

LES FÉES

Il était une fois une veuve qui avait deux filles : l'aînée lui ressemblait si fort d'humeur et de visage, que qui la voyait, voyait la mère. Elles étaient toutes deux si désagréables et si orgueilleuses qu'on ne pouvait vivre avec elles. La cadette, qui était le vrai portrait de son père pour la douceur et pour l'honnêteté, était avec cela une des plus belles filles qu'on eût su voir. Comme on aime naturellement son semblable, cette mère était folle de sa fille aînée, et en même temps avait une aversion effroyable pour la cadette. Elle la faisait manger à la cuisine, et travailler sans cesse.

Il fallait, entre autres choses, que cette pauvre enfant allât, deux fois le jour, puiser de l'eau à une grande demi-lieue du logis, et qu'elle en rapportât plein une grande cruche. Un jour qu'elle était à cette fontaine, il vint à elle une pauvre femme qui la pria de lui donner à boire. — Oui-dà, ma bonne mère, dit cette belle fille ; et rinçant aussitôt sa cruche, elle puisa de l'eau au plus bel endroit de la fontaine, et la lui présenta, soutenant la cruche afin qu'elle bût plus aisément. La femme ayant bu, lui dit : Vous êtes si belle et si honnête que je ne puis m'empêcher de vous faire un don (car c'était une fée qui avait pris la forme d'une pauvre femme de village, pour voir jusqu'où irait l'honnêteté de cette jeune fille). Je vous donne pour don, poursuivit la fée, qu'à chaque parole que vous direz, il vous sortira de la bouche ou une fleur ou une pierre précieuse. Lorsque cette belle fille arriva au logis, sa mère la gronda de revenir si tard de la fontaine. Je vous demande pardon, ma mère, dit cette pauvre fille, d'avoir tardé si longtemps, et, en disant ces mots, il lui sortit de la bouche deux roses, deux perles et deux gros diamants. Que vois-je là ! dit sa mère tout étonnée. Je crois qu'il lui sort de la bouche des perles et des diamants ! D'où vous vient cela, ma fille ? (Ce fut la première fois qu'elle l'appelait sa fille.) La pauvre enfant lui raconta naïvement tout ce qui lui était arrivé, non sans jeter une infinité de diamants. — Vraiment, dit la mère, il faut que j'y envoie ma fille. Tenez, Fanchon, voyez ce qui sort de la bouche de votre sœur quand elle parle ; ne seriez-vous pas bien aise d'avoir le même don ? Vous n'avez qu'à aller puiser de l'eau à la fontaine, et, quand une pauvre femme vous demandera à boire, lui en donner bien honnêtement. — Il me ferait beau voir, répondit la brutale, aller à la fontaine ! — Je veux que vous y alliez, reprit la mère, et tout à l'heure. Elle y alla, mais toujours en grondant. Elle prit le plus beau flacon d'argent qu'il y eût dans le logis.

Elle ne fut pas plus tôt arrivée à la fontaine, qu'elle vit sortir du bois une dame magnifiquement vêtue, qui vint lui demander à boire ; c'était la même fée, qui avait pris l'air et les habits d'une princesse, pour voir jusqu'où irait la malhonnêteté de cette fille. Est-ce que je suis ici venue, lui dit cette brutale orgueilleuse, pour vous donner à boire ? Justement, j'ai apporté un flacon d'argent tout exprès pour donner à boire à madame ; j'en suis d'avis : buvez à même si vous voulez. — Vous n'êtes guère honnête, reprit la fée sans se mettre en colère. Eh bien ! puisque vous êtes si obligeante, je vous donne pour don qu'à chaque parole que vous direz, il vous sortira de la bouche ou un serpent ou un crapaud. D'abord que sa mère l'aperçut, elle lui cria : Eh bien ! ma fille ? — Eh bien, ma mère, lui répondit la brutale en jetant deux vipères et deux crapauds. — Ô ciel ! s'écria la mère, que vois-je là ? C'est sa sœur qui en est la cause, elle me le paiera ; et aussitôt elle courut pour la battre. La pauvre enfant s'enfuit, et alla se sauver dans la forêt prochaine. Le fils du roi, qui revenait de la chasse, la rencontra, et, la voyant si belle, lui demanda ce qu'elle faisait là toute seule et ce qu'elle avait à pleurer. Hélas ! monsieur, c'est ma mère qui m'a chassée du logis. Le fils du roi, qui vit sortir de sa bouche cinq ou six perles et autant de diamants, la pria de lui dire d'où cela lui venait. Elle lui conta toute son aventure. Le fils du roi en devint amoureux, et, considérant qu'un tel don valait mieux que tout ce qu'on pouvait donner en mariage à une autre, l'emmena au palais du roi son père, où il l'épousa. Pour sa sœur, elle se fit tant haïr, que sa propre mère la chassa de chez elle ; et la malheureuse, après avoir bien couru sans trouver personne qui voulût la recevoir, alla mourir au coin d'un bois.

MORALITÉ.

L'honnêteté coûte des soins,
Et veut un peu de complaisance ;
Mais tôt ou tard elle a sa récompense,
Et souvent dans le temps qu'on y pense le moins

Source :

Ce livre est extrait de la bibliothèque numérique Wikisource :

Made in the USA
Las Vegas, NV
16 March 2025

19645940R00051